FOLIO JUNIOR

HISTOIRE COURTE

W0301002

Ce texte a été précédemment publié aux éditions Rageot en 1998.

Lorris Murail

Dan Martin fait son cinéma

Illustré
par Rabaté

FOLIO JUNIOR
GALLIMARD JEUNESSE

Chapitre 1

Ce n'était pas la première fois que je voyais Stefka. Pendant une courte période, elle s'était montrée chaque jour devant les portes du bahut où j'étais élève, avec une ponctualité exemplaire. Impossible de la rater. Cette jeune femme élancée comme une championne de saut en hauteur se repérait de loin. Splendide, de l'avis général. Mais froide. A plusieurs reprises, j'avais traversé son ombre interminable, sans avoir l'impression qu'elle me remarquait. Erreur. La gracieuse Stefka était une tour surmontée d'une paire de radars (bleu pâle).

Stefka ne m'avait jamais adressé la parole, jamais elle n'avait eu l'air de baisser son céleste regard sur ma modeste personne, mais elle savait tout de moi. Bon, en tout cas, elle en connaissait un rayon. Apparemment, ce qu'elle avait appris l'avait convaincue de me rendre une petite visite. Et je dois avouer que l'arrivée de la blonde himalayesque dans l'allée qui mène à mon humble cabane fut l'une des plus grandes surprises de ma carrière fertile.

Elle frappa, se baissa et entra.

Je ne suis guère au fait de tout ce qui concerne la mode féminine. Aussi serais-je bien en peine de donner un nom aux vêtements qu'elle portait. Le lundi, de seize à dix-sept, nous avons coutume d'appeler « survêts » ce genre de tenue. Mais, sur un corps tel que celui-là, cela mérite un autre nom.

Stefka regardait autour d'elle avec un très mince sourire aux lèvres, légèrement voûtée, comme si elle craignait de heurter le toit de ma cabane en se redressant. Moi, je regardais Stefka de haut en bas et de bas en haut, ce qui pouvait constituer une véritable occupation pendant un bon moment.

– Un mètre quatre-vingt-sept, m'annonça-t-elle.

– Ah oui ?

– Comme on finit toujours par me demander, je préfère dire tout de suite. Après, on peut parler des choses intéressantes.

Elle avait un accent et oubliait un mot de temps à autre. Sinon, Stefka s'exprimait dans un excellent français.

– Ensuite, on me demande d'où je viens. Mon père était bulgare et ma mère polonaise, mais je suis née en Allemagne. En R.D.A. Vous vous souvenez, la R.D.A. ?

– Hon ! hon ! Un pays gris avec un mur.

– Voilà. J'ai répondu à toutes les questions.

– C'est gentil d'être passée. La curiosité me rongeait.

Mais elle en avait terminé avec ce chapitre. Le sujet, maintenant, c'était moi. L'inspection au radar ne dura pas longtemps. Le verdict tomba. Dru.

– Petit bureau. Petit détective. Petites enquêtes.

Tassé sur ma chaise, à l'ombre des étagères poussiéreuses, je n'avais guère de chance d'être à la hauteur de Son Altitude. Mais impossible de lui en vouloir à cause de la façon charmante dont elle ajouta :

– Bon. Tant pis. Je peux m'asseoir ?

– Ça me soulagerait.

Elle prit place sur la chaise en face de moi, de l'autre côté du bureau. Même quand elle avait replié ses jambes sans fin, Stefka paraissait encore se tenir debout. Mais je n'avais plus besoin de me tordre le cou pour affronter son regard bleu, pur, direct et un rien glacial. Et j'avais ainsi l'occasion de contempler le reste d'un peu plus près : cheveux courts très blonds, visage rond, très rose. Aucune trace de maquillage. Deux minuscules boucles d'oreille, et c'est tout.

– Vous êtes surpris de ma visite.

Affirmative. Stefka ignorait le doute.

– Vous savez ce qui m'amène ?

Un poil plus interrogative, cette fois.

– Je sais qui vous amène, dis-je. Est-ce que je peux quelque chose pour vous ? Enfin, pour lui ?

Elle haussa les épaules.

– C'est une drôle d'idée, je pense. A mon avis, on n'a pas vraiment besoin de vous.

Dans le pays où était née Stefka, autrefois, on formait les meilleurs athlètes du monde. Mais on ne leur apprenait pas la politesse. C'est sans doute pour cela que la R.D.A. n'existe plus.

– Je n'ai rien demandé.

– Je sais. Excusez-moi. Je ne voulais pas vous faire de la peine. Moi, j'obéis les ordres, c'est tout.

– Aux ordres, corrigeai-je.

J'ouvris un carnet sur mon bureau et fis jaillir la pointe de mon stylo.

– Très bien. Et que vous a-t-on ordonné, mademoiselle...

– Stefka. Stefka, ça suffit.

– O.K., marmonnai-je en griffonnant. Stefka. 1 m 87. Née en R.D.A. A... ? Le... ?

– Rostock, le 3 décembre 1973, répondit-elle, disciplinée.

Ses yeux s'agrandirent et sa bouche s'ouvrit, révélant une langue rose.

– Mais... ça ne vous regarde pas !

Ton vif mais pas rancunier. Puis nouveau haussement d'épaules, plus sympa que le précédent.

– Peut-être que vous n'êtes pas un mauvais

détective, après tout. Mais ce qu'il faut, c'est surtout un type costaud avec des bons réflexes.

Un lanceur de poids est-allemand, en somme. Je me sentais déjà flotter dans le costume. Avec une sorte de petite moue enfantine, Stefka ajouta :

– Bah... on n'a pas le choix, hein ?

En somme, je faisais l'affaire parce qu'il n'y avait pas d'autre candidat possible. La gloire.

– Vous ne m'avez toujours pas dit quels sont les ordres.

– Vous êtes convoqué. Mardi, seize heures trente. Après le cours d'histoire.

– Où ça ?

– Chez lui. Je viendrai vous chercher. Chez lui. Chez David.

Ce type m'avait agacé prodigieusement depuis l'instant où il avait fait son apparition dans mon petit univers. Pourtant, les événements prenaient sans conteste une tournure plaisante. Et je ne pouvais m'empêcher de jubiler à la pensée de tous ceux et... toutes celles qui auraient donné leur vie pour être à ma place ce mardi à seize heures trente. A ma place : chez le beau, le grand, le merveilleux, le craquant, chez l'hyper-méga-extra David Silver-Lepage.

L'admirable David avait fait ses premiers pas dans notre collège un jeudi après-midi mais on nous avait préparés – sous le sceau du secret – à son arrivée depuis plus d'une semaine. Tout l'établissement était en ébullition. Pour ne prendre que ce seul exemple, jamais, depuis le début de ma scolarité, je n'avais vu dans la cour autant de jeunes filles en petite robe à fleurs. Mon ami La Fouine, rédacteur en chef à vie du *Canard Boiteux*, était sur le pied de guerre, appareil photo en bandoulière, micro à la main, crayon sur l'oreille.

Quelques minutes seulement avant la sonnerie, la limousine se gara devant les portes et trois personnes en descendirent. David était l'une d'elles mais on l'entrapercevait tout juste, encadré qu'il était par deux gaillards aussi larges que hauts. Ils l'escortèrent jusqu'à la salle où devait nous être dispensé le cours de français du jour. Et c'est ainsi que nous eûmes l'insigne honneur d'accueillir dans nos murs jaunes à lambris kaki le célébrissime

David Silver-Lepage, interprète à l'écran de : *Les Enfants, maman va se marier ; Croisière enchantée ; Les Robinsons de l'île perdue ; T'en va pas, papa,* sans parler de ces quelques perles de la Hit List : *Premier baiser ; Donner ses jouets ; La plus belle, c'est toi ; Ma chambre d'enfant ; Si jeune et pourtant...*

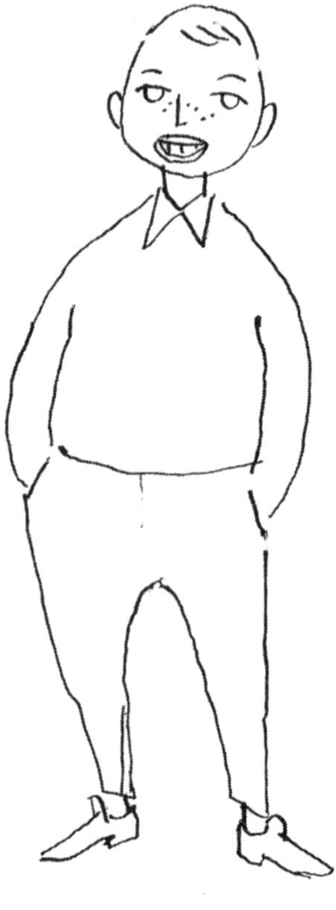

Notre prof se fendit d'un petit discours de bienvenue où perçait une pointe de fierté et même un brin d'émotion. Quand il eut fini, il adressa aux deux gardes du corps un salut crispé. Mais les épais moustachus ne cillèrent pas. Un léger malaise plana quand nous comprîmes qu'ils avaient l'intention d'assister au cours puis, supposâmes-nous (avec raison), à tous les autres cours auxquels David serait convié. Non qu'un peu d'instruction pût leur faire grand mal. Mais, avec leur gabardine serrée à la ceinture et leurs lunettes fumées, ils jetaient incontestablement un froid. Et, quand une tirade de *Cinna*, lue dans une superbe envolée, fut brisée par la sonnerie d'un téléphone portable, leur présence devint carrément embarrassante.

Durant ces premiers jours, je n'eus personnellement aucun contact avec David Silver-Lepage. J'avouerais même que plus je m'en tenais éloigné et mieux je me portais. Je ne peux rien imaginer de plus horripilant qu'un garçon dont les filles vous disent : « Il est siii mignon, tu ne trouves pas ? » Ou encore : « Je sens que je vais craquer. » Ou alors : « Tu crois que j'ai mes chances ? » Ou : « Il m'a regardée, non ? Mais si, t'as bien vu, il m'a regardée. »

Je vais néanmoins essayer d'en dresser un portrait objectif en précisant que David était de petite taille, un peu gras au niveau des hanches, qu'il avait de grands yeux verts pleins d'innocence, un nez semé de taches de rousseur, des dents rangées tous les soirs avec un soin maniaque, des cheveux courts d'un blond tirant sur le roux, des joues rondes avec des fossettes et que, Dieu me décapsule, il était épouvantablement trognon. Pas la peine donc de lui adresser la parole ni même de m'approcher à moins de dix mètres. Je le haïssais déjà.

Cela étant dit, on comprendra que la situation ne pouvait s'éterniser. Vivre sous la menace d'une paire de tueurs professionnels, susceptibles de dégainer si l'on adresse la moindre remontrance à leur protégé, est de nature à déstabiliser le professeur le plus chevronné. Alerté par le principal du collège, l'entourage de David n'avait pas tardé à prendre conscience de ce problème. La jeune star disparut de notre paysage aussi soudainement qu'elle y était entrée, au grand désespoir de quelques admiratrices éperdues.

Le mardi suivant, en milieu de matinée, je fus abordé de façon inopinée par le bien-aimé principal de notre établissement. Mes pensées tout entières tournées vers la rencontre programmée pour la fin de l'après-midi, je faillis le croiser sans le saluer.

– Martin ? Est-ce que vous auriez une petite minute à me consacrer ?

Aucune phrase comparable prononcée à mon adresse par le cher homme ne figurait dans ma mémoire. Encore moins sur ce ton courtois, presque déférent. Il posa ses doigts secs sur mon épaule et me poussa dans la direction de son bureau, à deux ou trois longueurs de couloir de là.

Il m'installa sur une chaise et laissa tomber son corps arthritique aux articulations crépitantes dans son célèbre fauteuil noir pivotant.

– N'est-ce pas aujourd'hui que vous devez vous rendre chez Mr. Silver ?

– A seize heures trente. On vient me chercher.

– C'est bien cela. Inutile de vous préciser que nous comptons sur vous.

– Euh… j'en suis honoré.

– Accueillir le jeune David parmi nous a été une grande joie. Pour vous aussi, je suppose.

– Bien sûr.

– Mais pouvait-on accepter que sa présence soit cause de troubles dans l'établissement ? s'interrogea-t-il en fermant les yeux à demi.

– En principe…

– Deux gardes du corps dans une salle de classe, ce n'est pas acceptable.

– Non, monsieur. D'ailleurs, ils n'ont pas le niveau.

– Alors, nous comptons sur vous, répéta-t-il. Il paraît que vous avez des talents remarquables.

– Merci.

– Vous saurez faire cela ?

– Quoi donc ?

– Être vigilant, attentif… et discret.

– J'espère.

– Que les choses se passent au mieux. Que tout le monde tire profit de la situation, en évitant le désordre. Vous voyez ?

– Je crois.

Il me tendit la main. Jamais mes résultats scolaires ne m'avaient valu de telles effusions.

A seize heures trente, la réapparition de la limousine avec chauffeur à l'entrée du bahut fit battre quelques cœurs, l'espace d'un espoir bientôt déçu. Imaginez que le père Noël gare son traîneau devant votre porte, un soir de 24 décembre, dans le seul but de prendre votre voisin en stop, et vous aurez une idée des mines que je vis s'allonger autour de moi. Rien que pour cela, la journée valait d'être vécue. Second motif de satisfaction, la portière me fut ouverte par Stefka, qui m'attira sur la vaste banquette arrière, contre ses grandes jambes olympiques.

Elle répandait un léger parfum de sueur frottée au savon à la lavande.

– Un peu nerveux ? demanda-t-elle en posant la main sur mon genou.

– Pourquoi ?

– Vous ne le connaissez pas. David II. Il y a de quoi être nerveux. Pas commode.

David Silver II. Le père.

– Et la petite star, c'est David III ?

– Si on veut. C'est surtout un Silver-Lepage.

– Qui c'est, Lepage ?

– La mère.

Stefka détourna la tête et se mit à contempler la nuque du chauffeur. J'aurais juré que Lepage, la mère, n'était pas sa tasse de thé.

D.S.-L., comme nous l'appelions entre garçons, résidait à douze minutes de limousine du bahut. Au bout du chemin, la bâtisse méritait le voyage. Stefka m'informa qu'il s'agissait d'un pavillon Napoléon III. Plus fort que David II, ça, Napoléon III.

– Le jardin n'est pas immense, observai-je.

Faute de place pour s'étaler, les arbres poussaient en colonnes sur un terrain plein de bosses, de détours et de replis. Un paysage court mais mouvementé, qui ne livrait jamais en entier la structure biscornue du bâtiment coiffé d'une cascade de toits.

Il devait être possible de commettre dans une telle demeure des crimes qui resteraient longtemps impunis. Dans certains recoins où personne ne regardait jamais, le corps se dessécherait lentement. Je suivis les amples enjambées de Stefka à travers une salle carrelée où la lumière filtrait par les losanges teintés de fenêtres en vitrail. Puis nous nous élevâmes d'un demi-niveau, franchissant un bref corridor, une pièce froide et nue, enfin une passerelle vitrée, léchée par les feuillages.

David Silver II nous attendait dans un fauteuil mammouth de cuir presque doré. Il nous tournait le dos, au fond d'un salon étouffé de tentures et tapis, face à une stupéfiante serre vitrée dont le système de ventilation, sans doute défectueux, rejetait dans la pièce d'odorantes bouffées tropicales par les grilles situées juste sous le plafond. Je ne sais comment Silver pouvait supporter sans moisir cette atmosphère chaude et moite.

Stefka se planta à sa gauche, légèrement en retrait. Je vis la main de l'homme se lever et faire un petit signe. Stefka me renvoya le signal et j'avançai à mon tour jusqu'au fauteuil. Côté droit. A présent, nous encadrions Silver II, les yeux tournés vers les fleurs exotiques sur lesquelles vibraient

les ailes chamarrées de papillons extraordinaires. De façon régulière, des buses pulvérisaient sur les plantes une brume douce et tiède, qu'accompagnait un chuintement de fer à repasser à vapeur.

– Vous avez sans doute remarqué que David n'assiste plus aux cours. Mon avocat a reçu un fax de la Lloyd's. La compagnie d'assurances exige la présence d'au moins un garde du corps. Mais, bien sûr, nous comprenons que cela nuise à la tranquillité de l'établissement.

Placé comme je l'étais, je n'avais pas encore réussi à découvrir vraiment le visage de Silver n° 2. Il regardait droit devant lui, comme un présentateur du 20 heures qui lit les infos sur un prompteur. Je savais pour l'instant qu'il avait des cheveux gris coupés en brosse, clairsemés sur le dessus du crâne, et qu'il portait des lunettes noires. Quant à son accent, il me fallut un moment pour l'analyser. C'était, comme je l'appris plus tard, celui d'un Canadien anglophone élevé en Suisse par une nourrice savoyarde.

– Nous avons négocié en vain. La compagnie menace de rompre le contrat si David n'est pas sous protection. Vous comprenez, rien que ses dents de devant sont assurées cent mille dollars pièce.

J'émis un borborygme du genre : « Ah bon ? », histoire de lui rappeler qu'il ne s'adressait pas uniquement aux papillons.

– Mais vous connaissez notre professionnalisme. Quand David a dû arracher ce bébé des crocs d'un pitbull enragé, dans *Maman va se marier...* Vous vous souvenez sûrement de cette scène ?

Il me laissa la parole pour la première fois et je ne sus qu'en faire.

– Euh, oui... un suspense dingue, avançai-je sans conviction.

– Eh bien, nous nous sommes payé l'audace de travailler sans doublure, malgré l'opposition de l'assureur. Pour nous, le respect du public passe avant tout.

Il tapa sur l'accoudoir de son fauteuil du plat de la main et reprit d'une voix rauque, s'excitant tout seul :

– Là, c'est la même chose. Si nous avons décidé que David doit aller au collège, il ira.

Je ne voyais pas bien le rapport mais ne fis pas de commentaire.

– Mais nous ne sommes pas fous. Nous sommes conscients qu'il faut que quelqu'un veille sur lui. De quelle manière opérez-vous habituellement ?

Je ne compris pas tout de suite qu'il attendait vraiment de ma part une réponse à cette question.

– Euh… pour être franc, Mr. Silver, j'opère en général hors de l'enceinte du collège. Enquêtes, filatures, vous voyez…

– Vous êtes armé ?

– Jamais.

Il agita la main, à la façon d'un conducteur qui fait signe de doubler. Elle était couverte de poils gris. J'avançai et David Silver II m'examina pour la première fois, ce qui me fournit l'occasion de découvrir sa face au nez aplati de G.I. amateur de combats de boxe.

– Ouais. Bon. Ça vaut peut-être mieux.

Pensif, il suivit pendant quelques instants les évolutions d'un papillon aux ailes bleues. Un cœur sensible battait sans doute dans cette poitrine de baroudeur.

– Je me suis renseigné. Je sais que vous avez eu des résultats. Stefka, expliquez à Martin ce que nous attendons de lui, outre la protection de David.

La grande Stefka se lança dans un discours un peu laborieux :

– David, il a enregistré son premier hit à huit ans, et il a eu son premier grand rôle à neuf ans. Il aime beaucoup apprendre mais l'école, il ne connaît pas du tout. La discipline, les camarades, les jeux de récréation, le petit restaurant...

– La cantine, corrigeai-je.

– Oui, et puis les devoirs et les notes. Ça surtout, les notes. David, il a toujours été le numéro un. Premier dans les charts, premier au box-office. Alors, s'il n'était pas le numéro un dans la classe, on ne sait pas ce qui se passerait dans sa tête. J'ai peur que c'est très difficile pour lui à accepter... pyscho... psychologiquement.

– Ça lui fera le caractère, trancha Silver II. Ce sera une expérience instructive pour lui de voir que quelqu'un peut lui être supérieur... même si ce n'est qu'en histoire ou en mathématique.

– On s'habitue, glissai-je.

– Il faudra lui expliquer gentiment à David, dit Stefka.

– C'est un chaperon ou un garde du corps que vous cherchez ? m'enquis-je.

– Un peu les deux, admit Silver.

Un compromis entre Stallone et Mimie Mathy. Tout mon portrait.

– Dans ce métier, dis-je, faut savoir s'adapter.

– Avez-vous des questions ? me demanda Silver.

– Que craignez-vous au juste ? Vous semblez inquiet pour sa sécurité.

– David représente un capital considérable. Jalousie, convoitise, vous me comprenez. A vous d'être vigilant, Martin. La rentrée officielle aura lieu jeudi.

– Pardon ?

Silver m'envoya méditer ailleurs d'un bref signe de menton. Il m'avait assez vu.

– Venez, me dit Stefka, nous allons régler les détails.

Elle me conduisit dans un petit bureau.

– Pour le moment, m'expliqua-t-elle, la presse n'est pas au courant. David Silver dans un collège public de France, ça va être un événement, vous vous doutez ! Nous avons donc organisé une rentrée officielle pour jeudi huit heures trente. Télés, photos et tout ça. Ça risque d'être une belle cohue.

– Je ne sais pas si je vais...

– Pas de souci, Dan ! Nous, nous savons organiser ce genre de choses. Vous n'intervenez pas.

Vous devez même rester discret. Mr. Silver tient beaucoup que votre rôle soit confidentiel. Et nous ne plaisantons pas avec ça, d'accord ? Pas de fuites, pas d'interviews.

Je ricanai intérieurement en songeant à Freddy. Lui qui rêvait depuis si longtemps d'exclusivités ! Enfin, il allait se retrouver aux premières loges.

– Désormais, précisa Stefka, la vie de David sera partagée en deux. A l'intérieur et à l'extérieur du collège. Dès qu'il est sorti, ça ne vous regarde plus.

Elle se tourna vers un secrétaire d'acajou dont elle ouvrit le tiroir fermé par une jolie clé dorée. Elle y prit une enveloppe cachetée et me la remit. Épaisse.

– Vous trouverez dedans un contrat que vous devez signer. Juste pour préciser vos obligations. Discrétion, sérieux... Il n'y a pas que des billets, dit-elle en souriant.

Mais il y avait aussi des billets. J'attendis pour les compter d'être rentré à mon bureau. Entre mes honoraires habituels et ce qu'on m'offrait là, il y avait à peu près la même différence qu'entre le gros lot de la tombola du collège et la super cagnotte du Loto.

Chapitre 2

Les quelques heures que D.S.-L. avait passées en notre compagnie comptaient donc pour du beurre. David Silver-Lepage ne serait vraiment l'un des nôtres que lorsque la presse aurait été informée de sa présence parmi nous.

Il nous revint comme prévu le jeudi matin, à l'approche du cours d'anglais. Observant mes instructions à la lettre, je ne vis pas grand-chose de l'événement qui se déroulait sur le trottoir, hors de l'enceinte scolaire. Patiemment, j'attendis mon client, tandis qu'il feignait de se hâter vers sa nouvelle vie et de n'avoir guère de temps à consacrer aux interviews. D'ailleurs, à ce qu'on me raconta, il avait à ses côtés un imprésario pour répondre à toutes les questions. Le clan Silver, devais-je également apprendre, s'était montré vaguement dépité par le médiocre succès de l'opération. Plusieurs télés et quelques magazines de choix manquaient à l'appel. On incrimina l'heure trop matinale. Quelle idée, aussi, de faire commencer les cours aux aurores !

Quand la sonnerie retentit, mon ami Freddy retrouva son monopole. De ce côté-ci des portes, il n'y avait qu'un seul journaliste accrédité, et c'était lui.

David s'approcha de moi d'un pas un peu hésitant, me scrutant comme s'il cherchait à repérer un signe distinctif convenu d'avance, un détail permettant de m'identifier à coup sûr, bref, comme s'il ne m'avait jamais vu. Et, en effet, il me remarquait probablement pour la première fois.

– Dan Martin ?

Il me tendit une main un peu molle en soupirant :

– Quelle barbe, tous ces journalistes, hein ?

– M'en parle pas.

– On se tutoie, d'accord ?

– Oui, dis-je. Ici, c'est l'usage.

– On y va ? proposa-t-il avec un enthousiasme de néophyte. C'est une leçon d'anglais, je crois.

– Oui. Un cours.

– Un cours, répéta-t-il. Et il dure combien de temps ?

David n'avait visiblement rien retenu de son précédent, et fort bref, passage au collège.

– Une petite heure.

– Ah, oui... je sais. On m'a remis un planning. J'ai ça quelque part. Une petite heure d'anglais et après... attends... une petite heure de mathématiques, non ?

– Non, rectifiai-je, les heures de maths sont toujours longues.

– Ah ? Oui, je comprends. Pour être franc, j'appréhende cette matière. Je n'y connais strictement rien.

Il me parlait sans me regarder. Étant l'objet de l'attention générale dans la cour, il tenait son rôle avec l'aisance mécanique que confère l'habitude : aimable salut de la tête aux garçons, sourire cordial mais distant aux filles. Et tous, collégiens mâles ou femelles, devaient se demander ce que faisait l'idole, ainsi accrochée à mes basques.

– Faut y aller.

– Je te suis.

La première heure se déroula à merveille. Le

professeur d'anglais semblait ravi de voir revenir ce glorieux élève. En son honneur, il consacra le cours à une évocation d'Hollywood. David fut éblouissant. Rien de ce qui concernait le cinéma ne lui était inconnu. De plus, il s'exprimait dans un anglais parfait, si remarquable à vrai dire que nous ne comprenions pas un mot de ce qu'il racontait. D'une exquise courtoisie, il feignit de ne pas vouloir croire que nous ignorions à peu près tout de la langue de Mickey, Alf, E.T. et Zorro. Alors, pour expliquer élégamment nos difficultés de communication, il nous pria d'excuser son épouvantable accent canadien.

Conformément à mes prédictions, l'heure de maths lui parut très longue. Ce prof-là était imperméable à la Silvermania. Pendant les quarante-cinq premières minutes, il n'adressa pas un regard à sa prestigieuse recrue. Puis, soudain, il bombarda David de questions, afin de vérifier son hypothèse : le jeune Silver ne suivait pas.

– Sans doute faudra-t-il qu'à l'avenir j'exprime les problèmes en dollars ? insinua-t-il.

Ensuite, il se désintéressa de nous. Oui, de

nous, car, à partir de ce jeudi, mon destin scolaire fut lié à celui de David. Aux yeux de tous, j'étais devenu une sorte d'ombre projetée par le jeune prodige de Halifax (sa ville natale, au Canada).

Je m'attendais à le voir filer dès le coup de gong pour prendre sur quelque nappe blanche son déjeuner apporté sous une cloche d'argent par un esclave enturbanné. Pas du tout. D.S.-L. déjeunait à la cantine, comme le commun des affamés. Conséquence fâcheuse, en vertu de mon contrat, il me fallut faire de même, ce qui n'était plus dans mes mœurs alimentaires depuis belle lurette.

– Tu es bien sûr ? lui demandai-je.

– Oui, oui, j'y attache une grande importance. Ça t'ennuie de m'expliquer comment ça se passe ?

– C'est très simple. Les petits cubes rouges, c'est de la betterave. Les rectangles dorés, c'est du poisson. Les premiers arrivés mangent à leur faim. Mais ne t'inquiète pas, il reste toujours de la betterave. Si tu vois une bouteille de vin de divers pays de la Communauté européenne, tu t'es assis par erreur à la table des profs. Si ta religion t'interdit le porc, tu as intérêt à aimer le dindonneau. Ah ! j'allais oublier. De temps en temps, le riz n'a pas la même couleur que les autres jours. Pas de panique ! Il s'agit du repas exotique. Sinon, ne t'en fais pas. Tout est contrôlé. La date limite de consommation figure sur les barquettes, pour être sûr qu'on ne serve jamais de produits frais.

Je jetai un coup d'œil sur ma montre.

– De toute façon, on a déjà tellement traîné qu'il ne restera même plus une chaise pour s'asseoir.

Je m'alarmais à tort. Désormais, outre les grandes tablées et la table des profs, il y avait, dans un coin, la table particulière de D.S.-L. et de votre serviteur.

Notre entrée transforma le vacarme en murmure. J'entendis quelques ricanements et diverses apostrophes moqueuses, puis le niveau sonore s'amplifia jusqu'à atteindre le tumulte ordinaire. David regarda longuement flotter ses rondelles de concombre à la crème.

– J'espère qu'on ne me tient pas à l'écart, dit-il. Ce ne serait pas dans l'esprit du projet.

Au cours du repas, je mangeai très peu mais appris énormément de choses. Par exemple, sur un plan anecdotique, que la bouffe de la cantine, aussi piteuse fût-elle, ne rivalisait pas en horreur avec ce que David avait avalé lors d'un tournage par - 30 °C, dans le Grand Nord canadien.

– Tu n'es jamais allé à l'école ?

– Si. Quand j'étais petit. Jusqu'à sept ans. Après, ça n'a plus été possible. C'était incompatible avec mes activités professionnelles.

Dès lors, il avait été suivi en permanence par une ou deux personnes chargées exclusivement de son instruction. A ma grande surprise, l'une des dernières en date se nommait Stefka.

– Mais, depuis qu'elle est devenue la maîtresse de mon père, elle ne s'occupe plus de cela, me dit-il avec détachement.

Je ravalai le cri d'horreur que m'inspirait une telle révélation.

– Tu ne crains pas que ce soit un handicap, à la longue, de ne jamais avoir connu une scolarité normale ?

– Si, justement. C'est pour cette raison que je suis là. Quand on a commencé à travailler sur *Maman, je vais rater mon bac* – le titre français de mon prochain film –, on s'est aperçus que cela posait un vrai problème.

– Comment ça ?

– J'interprète un surdoué. Un très beau rôle. Poète de talent, violoniste virtuose, génie scientifique, il paraît promis à un brillant avenir, dans un domaine ou un autre, quand soudain il quitte tout par amour.

– Ah ?

– Oui. Pour l'amour d'un chien retourné à l'état sauvage qui, un jour, lui a sauvé la vie. Comprenant que ce chien n'acceptera jamais de vivre dans la pollution d'une grande ville, il abandonne ses études, sa famille, ses amis et part avec lui dans une folle équipée. Il ne garde que son violon, dont il joue parfois la nuit, sous la lune. Un scénario vraiment magnifique. Je te promets une sacrée surprise pour la fin mais je ne te la raconte pas. Je préfère que tu la découvres à l'écran.

J'approuvai poliment d'un grognement.

– L'ennui, reprit David, c'est qu'au début du film, on voit le héros en classe, avec ses camarades. Quand on a tourné les bouts d'essai, le réalisateur s'est mis en rogne contre moi. Il trouvait que j'avais l'air d'un extra-terrestre débarquant dans un supermarché. Il a menacé de me jeter. Et même d'engager Danny Radcliffe à ma place. Tu vois qui je veux dire ? Il est infect, non ?

– Assez, dis-je à tout hasard.

– Finalement, ça s'est arrangé. Mon père a fait virer le réalisateur par la production. Malgré tout, il n'y avait pas de raison de ne pas procéder pour ce rôle-là comme pour les autres. Quand j'ai joué Willy Bird, j'ai appris à sauter en parachute. Alors, je pouvais bien passer un ou deux mois à l'école.

– Oh... juste un petit stage, hein ? Et pourquoi ici ? Il n'y a pas d'école à Hollywood ?

– Si, sûrement. Ce sont mes avocats qui ont trouvé cette solution pour arranger les choses avec ma mère.

C'était la première fois qu'il mentionnait sa mère. Lepage.

– D'après le jugement, m'expliqua-t-il, je dois passer les vacances d'été avec elle. Mais, en général, ce n'est pas possible, à cause de mes obligations.

– Quel jugement ?

– Le jugement de divorce de mes parents. Les avocats ont proposé une modification du scénario de mon prochain film pour me permettre de résider à proximité de ma mère et de la voir plus souvent. Maintenant, le héros est d'origine française. C'est un peu autobiographique, si tu veux.

– Ah bon ? Et quand la vois-tu ?

– Le week-end, en principe. Les relations avec elle sont un peu compliquées, financièrement surtout. Mon père paie un avocat uniquement pour régler ces questions. Il existe un contrat prévoyant tous les détails. Par exemple, j'ai l'obligation de parler couramment le français, sans aucun accent étranger. En fait, quand j'étais plus petit, j'avais un léger accent allemand. A cause de Stefka. Ça rendait ma mère folle de rage.

Les dames de service nous tournaient autour, attendant avec impatience que nous ayons définitivement renoncé à nos flans au caramel. David avait démoulé le sien par curiosité et, sur l'assiette, l'étrange monticule brun pâle résistait vaillamment à la loi de la pesanteur.

– Je préfère les Papys Goulus, dis-je pour dire quelque chose. Ces Tantes Délices sont vraiment trop sucrés. On y va ?

– Attends.

David glissa la main dans la poche intérieure de son blazer bleu roi (il s'habillait comme pour fréquenter un collège privé à mille euros le trimestre), et y pécha une enveloppe.

– Tiens, c'est pour toi, me dit-il presque timidement.

– Merci, mais je crois que ton père a déjà fait le nécessaire.

Il n'eut pas l'air de comprendre.

– Tu ne l'ouvres pas ?

Dans l'enveloppe, il y avait une photo dédicacée.

– Je l'ai signée moi-même, me certifia-t-il. Pour le grand public, les photos sont signées par un robot.

– Merci.

Je rangeai le précieux document dans mon portefeuille avec l'émotion qu'on devine.

Chapitre 3

David apprenait très vite. Je ne parle pas de ses cours mais de son nouveau rôle, puisqu'il était là pour étudier l'école et non pour étudier à l'école. Son talent se manifestait dans sa façon de se fondre parmi nous tout en conservant sa singularité. Le problème, c'était plutôt les autres. Ceux qui n'en faisaient pas assez et ceux qui en faisaient trop. Ceux qui l'ignoraient ostensiblement et ceux (ou celles) qui ne regardaient que lui. Les profs qui s'ingéniaient à mettre en lumière ses lacunes (nombreuses) et ceux qui s'efforçaient de ne solliciter que ses dons, tel le prof de français lui demandant de déclamer poèmes et extraits de pièces de théâtre classique sans jamais l'interroger sur le sens des textes.

Freddy était excité comme une puce. Pour la première fois dans sa carrière de journaliste, le rédacteur en chef du *Canard Boiteux* se voyait en mesure de damer le pion à TF1 et *Paris-Match*. Pourtant, c'est un Freddy accablé par la frustration qui se dressa sur mon chemin, un soir, après le dernier cours.

– Veux-tu me dire à quoi ça sert de passer ses journées à deux mètres d'un scoop ambulant si on ne peut rien tirer de lui ? Sans doute que je ne suis pas assez important pour M. Lepage ? Pour qui il se prend, cet avorton hollywoodien ?

Freddy, qui ne s'adressait bien sûr pas à moi par hasard, parlait avec l'amertume des amoureux éconduits.

– Laisse-moi deviner. Il t'a refusé une interview ?

– Sais-tu ce qu'il a prétendu ? Que cela ne dépendait pas de lui !

Freddy sortit une carte de visite de sa poche et me la montra.

– Son agent. Il paraît qu'il faut s'adresser à l'agent de M. Lepage et que ce personnage éminent décide d'accorder ou non l'interview. Inouï, hein ?

Je le voyais venir. Freddy allait me demander d'user de mon influence.

– M'en fiche, dit-il soudain. J'ai beaucoup mieux.

– Que quoi ?

– Une interview de D.S.-L., tout le monde peut en obtenir une.

– Presque tout le monde, corrigeai-je méchamment. Et toi, qu'est-ce que tu as ?

– Une véritable exclusivité mondiale. Son contrôle de français du mois. Avec fautes d'orthographe et erreurs de syntaxe. Tu vois le titre ? *Le Surdoué rend sa copie.* Ah ! ah !

– Tu n'as pas l'intention de publier ça ?

– Il y a un hic. Tu sais, mon modeste journal n'est pas bien riche. Bref, je n'ai pas la couleur.

– Et alors ?

– Alors, comme il y a à peu près autant d'encre rouge que d'encre bleue sur la copie, je crains que le document ne perde beaucoup de sa saveur à l'impression.

– Regrettable, en effet. Et donc ?

– C'est un déchirement pour moi mais j'ai songé que certains de mes confrères mieux équipés seraient peut-être intéressés. La grande presse, comme ils disent.

– Tu sais ce que ça pourrait te coûter, le vol d'une copie ?

– Je sais ce que ça pourrait me rapporter. D'ailleurs, je ne l'ai pas volée. Je me suis procuré une photocopie, c'est tout. Couleur, naturellement.

– J'aimais mieux quand tu étais journaliste, dis-je en m'éloignant, écœuré.

– Une seconde. Je voulais te demander un conseil.

– Eh bien, je te conseille de...

– Sur le prix. Combien puis-je en obtenir d'après toi ?

– Au collège ? Huit jours de vacances ferme. Sans parler d'éventuelles complications judiciaires.

Freddy poursuivait sans se démonter.

– Bon, je sais que D.S.-L. n'est pas Michael Jackson, mais ça vaut quand même une somme, mon affaire, non ?

– Non, répliquai-je vigoureusement.

Je voulais dire : « Je ne mange pas de ce pain-là », mais Freddy feignit de mal me comprendre.

– C'est bien ce qu'on raconte. Il ne vaut plus un clou.

– Quoi ? Qui ?

La Fouine eut un détestable petit sourire. Il avait réussi à me ferrer.

– Silver-Lepage. Il paraît que ses actions sont en pleine dégringolade.

– Première nouvelle.

– Mais si... maintenant, c'est l'autre... comment déjà ? Danny Radcliffe.

– L'ignoble D.R. ? Peuh ! Il est infect !

Voilà que je défendais David comme si j'avais été inscrit au fan-club.

– Radcliffe ! L'étoile montante. On ne parle plus que de lui.

Je haussai les épaules.

– Et lui, insista La Fouine, il paierait combien ?

– Qui lui ? Quoi combien ? Qu'est-ce que quoi à la fin ?

– Tu t'énerves, Dan. Écoute. Il a du pognon,

non, D.S.-L. ? Et Silver senior, le père, encore plus. Je suis d'accord pour leur donner la priorité. C'est la moindre des choses.

– Tu me révulses.

– Parles-en, Dan, tu verras. Eux, ils comprendront. Le commerce n'est pas interdit, hein ? Tu vis dans un autre monde, mon vieux. Je pensais simplement que tu étais le mieux placé pour leur mettre le marché en main. Et ils aligneront les billets, parole ! Parce que chez ces gens-là, Dan, ça se passe comme ça.

Son petit air tranquille me glaçait. Il fallait absolument que j'oublie de réfléchir à ce qu'il me disait. Sinon, je découvrirais sans doute qu'il avait raison. Et je ne le supporterais pas.

Pourtant, je n'avais pas entendu le pire.

Évidemment, rien ne m'obligeait à informer David de cette misérable affaire. Mais Freddy m'avait tellement agacé que je m'empressai de le trahir.

David réagit comme je m'y attendais, consterné à l'idée de voir sa copie devenir un sujet de moquerie publique.

Nous étions dans la rue, à la sortie du bahut. D'habitude, il s'engouffrait dans la limousine et disparaissait. Mais il désirait me parler. David s'approcha de la voiture et dit quelques mots au chauffeur.

– C'est bon, m'annonça-t-il. On peut marcher un peu.

Il me prit par le bras, choisissant une direction au hasard. La limousine noire roulait au pas, à trois longueurs de capot derrière nous, et j'avais la pénible sensation d'être suivi par un tueur qui me massacrait au ralenti.

– Combien en veut-il ? demanda David.

– On n'a pas parlé « money ». Franchement, je ne m'attendais pas à ça de la part de Freddy. Ce type n'a pas que des vertus mais quand même... une telle bassesse !

– Tout le monde est comme ça, me dit David avec une conviction attristante. Il suffit que l'occasion se présente.

– Écoute, je le connais, mon Freddy. C'est du dépit. Si seulement tu acceptais de lui faire une fleur... un petit scoop, une info sur ton prochain rôle, une bricole, mais de l'inédit. Freddy n'est pas vénal. Il vit pour son journal, rien d'autre ne l'intéresse.

– Il faut absolument l'empêcher de parler à mon père.

Je repensai à l'homme perdu dans la contemplation de ses papillons. Une âme romantique, sans doute, mais derrière une tronche de baroudeur à l'ancienne.

– Tu as raison. Ça pourrait faire du vilain. Je me demande comment il considérerait ce pauvre Freddy.

– Il ne le verrait pas. Mon père ne regarde pas les gens. Les contrats, oui. Les hits, les charts... enfin, les succès, les ventes.

J'éclatai de rire.

– Alors, ce qu'il verrait, c'est : le *Canard Boiteux*, deux cent douze exemplaires !

– Tu devines la suite. Mon père trouverait l'idée excellente. Il achèterait la photocopie à Freddy ou, pire encore, il essaierait d'obtenir gratuitement l'original par mes soins... il m'obligerait. Ensuite, il chercherait à quel journal le caser.

Je n'en revenais pas.

– Quoi, avec toutes tes... enfin les corrections, l'encre rouge ?

– Il se moque pas mal de ma fierté. Une copie pleine de fautes ? Et alors, je ne suis jamais allé à l'école !

David poursuivit comme s'il lisait déjà les titres de la presse :

– *David Silver-Lepage dans la peau de son nouveau personnage... Copie à revoir pour D.S.-L... David à l'école de la vie...*

Il m'attrapa par le col.

– J'espère vraiment que Freddy ne va pas le contacter. Parce que mon père n'a pas encore pensé à coup-là. Et que cela lui plairait.

David jeta un regard par-dessus son épaule et, brusquement, se mit à courir. Il tourna au premier coin de rue, fila par une allée en sens unique et s'arrêta en haletant.

– Hé ? Où tu cours comme ça ?

– Sais pas. Connais pas le quartier. Je voulais juste semer la voiture.

– Et pourquoi ?

– Comme ça. Une envie. Où allons-nous ?

– Mais ils vont te chercher partout ! Tu saurais rentrer chez toi par tes propres moyens ?

– J'ai mon portable.

De nos jours, les nounous ont une antenne et vous jouent le Britney Spears en stéréo. Nous marchâmes pendant trois minutes en silence. Libre en pleine rue sans personne pour le surveiller, David devait avoir l'impression de vivre une grande aventure. Justement, son téléphone sonna.

– Dites que je rentrerai plus tard.

Telle fut sa réponse au chauffeur, accompagnée d'un sourire radieux. Il ne jeta pas le portable dans le caniveau mais l'éteignit, coupant ainsi hardiment la ligne invisible qui le reliait à son univers quotidien.

– Et maintenant ? On dévalise une banque ?

– Vrai ? Tu sais faire ça ?

– Tu as une préférence pour la marque ?

Il rit. Cela me soulagea.

– J'ai trouvé ! s'écria-t-il. On va chez toi. Je voudrais voir ton bureau.

David ne fit pas de commentaire sur les lieux. Une cabane de jardin dépourvue de toutes les commodités. Ni sauna ni salle de billard. Rien, pas même l'eau courante.

– Est-ce que tu as déjà tué quelqu'un ? me demanda-t-il.

Je laissai flotter mon regard le long des étagères poussiéreuses où s'alignaient mes dossiers, cherchant à déceler ce qui avait pu inspirer une telle question au jeune héros hollywoodien. Percevant mon hésitation, il précisa :

– Enfin... en mission.

David ne voulait pas se montrer indiscret. Il ne m'interrogeait pas sur les meurtres commis dans le cadre de ma vie privée.

– Tu n'es pas obligé de répondre. J'étais surtout curieux de connaître les tarifs.

– Oh, très bien. C'est variable, naturellement.

– Ça dépend de quoi, de l'importance de la cible ?

– Du jour. De l'heure. Il y a des moments creux, comme dans tous les métiers. Alors, je consens des rabais. Entre midi et deux, par exemple. Le pire, c'est le lundi... Regarde les journaux, page des faits divers, tu verras. Jamais le moindre assassinat le lundi entre midi et deux. Je propose des tarifs très intéressants. Ou des formules. Deux meurtres payants, le troisième gratuit. Mais rien à faire, ça ne marche pas. Tandis que le vendredi après-midi, là...

– Je comprends pourquoi tu as séché l'E.P.S., vendredi dernier.

– Exact. Un contrat à remplir.

Je ne voudrais pas donner l'impression que David était complètement idiot. Cependant, même s'il ne croyait pas un mot de ce que je disais, son envie de prendre mes élucubrations au sérieux était perceptible. Je songeai tout d'abord que c'était son naturel d'acteur, qu'il avait endossé la peau de trop de personnages pour ne pas continuer à jouer dans la vie. Mais je me trompais. En réalité, David était fasciné par l'idée qu'une vie, une vraie vie, pût être aussi excitante qu'un rôle écrit pour l'écran. Or, contrairement à ce qu'imaginaient sans doute ses admirateurs, ce n'était pas le cas de la sienne.

David s'ennuyait. Et, plus extraordinaire encore, il m'enviait.

Il s'approcha de mes dossiers, les caressa des yeux, respectueusement.

– Raconte.

Je choisis une affaire dont je ne m'étais pas trop mal tiré et la résumai avec modestie, sans insister plus que nécessaire sur le côté décisif de mon intervention.

– Tu as de la chance, me dit-il. Toi, tu as un vrai métier.

J'étais sidéré. D'un geste, je soulignai l'état précaire du bureau où j'opérais.

– C'est pourtant pas Hollywood, ici !

– Le cinéma, tu sais, c'est du vent. Le succès, ça passe. La jeunesse aussi.

On aurait dit un politicien découvrant sa dégringolade dans le dernier sondage. Dans son cas, ce devait être plutôt le dernier classement de la Hit List. Mais il m'exposait en fait le fruit d'une réflexion. David réfléchissait plus qu'on n'aurait pu le supposer.

– J'ai lu un livre sur les enfants prodiges, dit-il.

Ils finissent presque toujours mal. Ou alors ils disparaissent du jour au lendemain. Minou Drouet, tu connais ?

– Non.

– Une poétesse devenue ménagère. Et Joselito ? Un chanteur devenu repris de justice. Judy Garland, devenue alcoolique. Et Shirley Temple... devenue quoi, déjà ? Ah oui, sénateur. L'horreur.

– Tu oublies Jordy. En pré-retraite à sept ans.

– J'ai encore deux trois ans devant moi, pas plus. Chaque matin, je me regarde dans la glace. Je guette les boutons, les premiers poils. Je parle tout seul dans la salle de bains, je me chante un couplet. Ma terreur, c'est la mue. Et puis je me pèse, je me mesure.

Pour D.S.-L., il n'y avait plus de vie après l'enfance. L'adolescence, c'était la mort.

– Privé, conclut-il, on peut faire ça jusqu'à quatre-vingt-cinq ans.

– Acteur aussi, non ? Regarde Alain Delon.

Il haussa les épaules, sans daigner sourire, renonçant à m'expliquer. Je ne pouvais pas comprendre. Si, pourtant, je comprenais très bien.

Selon David, ou selon ce qu'on lui avait laissé croire, il y avait les têtards et les grenouilles, les chrysalides et les papillons. Roi chez les uns, on n'était plus rien chez les autres.

– Tu auras sûrement une très belle voix, quand tu auras mué, lui dis-je platement.

Pas formidable, comme considération, mais je ne pouvais quand même pas lui dire qu'il aurait peut-être une acné superbe.

– Je voudrais t'accompagner, déclara-t-il soudain. Dans ces endroits où tu fais tes enquêtes.

– Mais...

– Tu sais bien. Comme les bouges.

– Les bouges.

– Oui. Ou les tripots.

– Les tripots.

Il attendait ma réponse. Et moi, j'attendais sa troisième suggestion. Qui fut celle-ci :

– Ou le métro.

Je hochai gravement la tête.

– Tu n'as vraiment peur de rien.

– Avec toi, non.

Je fis semblant de réfléchir.

– Si tu veux, on peut commencer par le métro. Si t'en sors vivant, une autre fois, on tentera une traversée en R.E.R.

– Est-ce qu'il y a des lieux vraiment louches dans le métro ?

– Tu l'as dit. Mais peut-être que pour une première tentative...

– S'il te plaît. J'en ai vu d'autres, tu sais. Dans la scène du grand canyon, si tu te souviens, quand je suis sur la plate-forme, au-dessus d'un vide de trois cents mètres, c'est réellement moi.

– Sans blague ?

– Oui. Mais après, quand je traverse le gouffre sur un fil, avec ce condor qui tournoie dans le ciel, ce n'est plus moi.

– O.K. Je crois que tu es mûr pour le métro. Je te propose de commencer par la ligne 7. La Courneuve-Villejuif.

Il frissonna.

– Elle est comment ?

– Bien, dis-je. Authentique. Une vraie ligne. Et ce serait pour quand ?

– Maintenant.

Voix ferme. Quarante ou cinquante objections majeures me traversèrent l'esprit mais je me refusai à les examiner.

– Seulement voilà... la bouche de la 7 n'est pas tout près.

– La bouche ?

– On dit comme ça, dans le jargon de la Régie autonome. L'entrée, si tu préfères. Pas tout près, non. Va falloir prendre un bus.

– Ça va. J'en ai déjà pris. Il ne se passe jamais rien dans les bus.

Chapitre 4

Nous prîmes un bus jusqu'à la bouche de la 7 et, en effet, il ne se passa rien. En route, je lui demandai :

– On reste sur la 7 ou est-ce que ça te tenterait de faire un changement ?

– On verra, dit-il prudemment.

Il y avait ce plan immense couvert d'un inextricable enchevêtrement de lignes de couleur, qu'on aurait cru sorti d'un esprit dément et, juste derrière, l'escalier. Trente marches au bas mot, qui plongeaient vers l'univers souterrain du métropolitain. La bouche nous engloutit.

Aussitôt, nous fûmes assaillis par la puanteur. David me désigna une grande affiche publicitaire où se détachaient en lettres noires des slogans obscènes.

– L'œuvre de délinquants, confirmai-je.

– Pourquoi la police ne fait-elle pas régner l'ordre dans le métro ?

Je lui tapotai la tête en souriant. Il ne tarderait pas à comprendre.

Derrière la vitre blindée de son guichet, une Antillaise entre deux âges surveillait notre approche en feignant de tricoter, baignée par la maigre lumière d'un abri tout en longueur. Là, devant nous, se dressait le rempart métallique des portillons automatiques. Je donnai à David un petit rectangle mauve comportant une piste magnétique, lui demandant d'imiter chacun de mes gestes. La machine avala mon ticket et le recracha un peu plus loin. Une pastille blanche s'éclaira. Le ticket était bon. Je le récupérai puis, d'un simple geste de la main, fis basculer les barres du portillon. Mais un nouvel obstacle me barrait le chemin. Je repoussai de l'avant-bras cette porte épaisse.

Je me retournai. Au moment où David s'apprêtait à franchir à son tour le portillon, un grand escogriffe à cheveux roses surgit derrière lui. Le type emporta tout sur son passage, David et la grosse porte.

– Qu'est-ce qu'il me voulait ? Tu crois qu'il m'a reconnu ?

– Non, non, juste un resquilleur. On en voit de plus en plus. Viens, c'est par ici.

Je désignais le chiffre 7 entouré dans un cercle noir. Direction Villejuif. Nous nous engouffrâmes dans le long couloir quasi désert. Les souliers ferrés de David produisaient une cascade de sons secs qui se répercutaient à l'infini.

– Il y a encore pas mal de marches à descendre, l'avertis-je.

C'était une station peu réputée, sans le moindre escalier mécanique. Mais, pour l'instant, le couloir serpentait dans les entrailles de la cité, avec son cortège d'affiches publicitaires et de graffitis. Films à grand spectacle, journaux populaires, soldes au rayon parfumerie, vacances au soleil d'Égypte, tout se mélangeait. David avait repéré les rectangles blancs qu'une main inconnue avait semés comme de petits cailloux le long de notre chemin, sur les affiches, sur le carrelage, sur le sol. Tous disaient : « Elizabeth Go Home. »

– Pourquoi les gens du métro n'aiment-ils pas la reine d'Angleterre ? me demanda-t-il.

– Aucune idée. Personnellement, je ne l'y ai jamais rencontrée.

– Moi non plus. Mais j'ai bien failli.

– La reine, dans le métro ?

– Mais non, je tournais une scène à Londres. Le rendez-vous était pris. Il y a eu un contretemps. Un plan à refaire. J'ai été obligé d'annuler.

– Elle a dû être très déçue.

Nous descendîmes de nouvelles volées de marches.

– A quelle profondeur sommes-nous ?

Je ne voulus pas avouer que je l'ignorais.

– Vingt mètres, hasardai-je. Peut-être trente.

Soudain, juste avant de parvenir au quai, nous vîmes affluer une foule bigarrée. Des êtres de toutes couleurs, toutes races, parlant toutes sortes de langages.

– Les usagers, dis-je.

Jeunes ou moins jeunes, femmes et même enfants.

Le quai était là. Nous nous tînmes à quelques mètres du bord, le regard fixé sur les rails. Derrière nous, un vieil homme vendait des cacahuètes et des pralines roses. L'attente fut brève.

– Le voilà, annonçai-je.

David se pencha hardiment pour scruter les ténèbres du tunnel. Lancé à vive allure, l'engin se présentait au loin.

– Oui..., souffla-t-il, tu avais raison, on dirait vraiment deux yeux jaunes.

Et, brusquement, la rame défilait devant nous, voiture après voiture. David fit le geste de lever le bras.

– T'inquiète pas, dis-je. Il nous a vus.

Nous prîmes place côte à côte sur des strapontins. Ce n'était certes pas le grand confort, mais David ne semblait pas s'en soucier. Paupières mi-closes, il vivait intensément sa première traversée souterraine de Paris par la ligne 7.

Aubervilliers... Crimée... Stalingrad... la place me manque pour décrire chaque station. Alors que nous venions de dépasser Gare de l'Est, une voix à la fois puissante et monocorde retentit derrière nous. Debout, le regard fixe, un homme pauvrement vêtu débitait un discours las et véhément. Il s'excusa de nous déranger et nous résuma son existence de chômeur sans ressources et sans domicile. Il voulait de l'argent pour manger et rester propre. Puis il fit le tour des voyageurs, sans grand succès. Au moment où il s'approchait enfin de nous, je vis une onde de panique passer sur le visage de David. Mais je le laissai agir, fouiller dans ses poches, trouver un petit porte-monnaie en crocodile, et déposer dans la boîte de carton tendue sous son nez un billet de vingt euros. L'homme jeta à David un coup d'œil inquiet puis s'éloigna précipitamment, sans songer à remercier.

– Est-ce que je m'en suis bien sorti ?

– Très bien. La reine n'aurait pas fait mieux.

« Voilà pourquoi les riches circulent en taxi, me dis-je. Le métro les ruinerait. »

La suite du parcours se déroula sans incident. L'aventure menaçant de sombrer dans la monotonie, je proposai à David un changement à Châtelet. Il accepta avec empressement.

Je le conduisais au hasard, pour le plaisir du vagabondage dans les couloirs tortueux et, surtout, des longues, des interminables glissades sur les tapis roulants.

Nous les entendîmes de très loin. Le cœur carrelé de la station leur faisait une énorme caisse de résonance. Ces sons en cataracte semblaient provenir de partout et de nulle part. Brutaux, sauvages, comme si un morceau de jungle africaine s'était égaré dans le sous-sol parisien. David me jeta un regard interloqué.

– C'est ça ou l'accordéon, expliquai-je.

Pour la première fois, ce fut lui qui m'entraîna à sa suite. Guidé par son oreille musicienne, il remontait vers la source du vacarme, bousculant les voyageurs, bifurquant soudain, prenant pour finir un passage interdit entre deux couloirs.

Nous les découvrîmes sous une voûte blanche. Cinq garçons, deux filles. Quatre Blacks, deux Beurs et un petit blond à lunettes. Munis de bâtons, de tuyaux, de baguettes, de mailloches, ils tapaient comme des sourds sur des instruments hétéroclites : tam-tam, bidons, caisses, tambours.

Tous ensemble et chacun pour soi. David tomba en arrêt devant eux et je sus immédiatement ce qu'il voyait. La liberté. La divine liberté des sons gratuits. Un flot énergique et ininterrompu, qui leur arrachait de la sueur, quelques cris et de brefs sourires.

Je dus le secouer.

– Quoi ?

– Il faut rentrer. Ils vont s'inquiéter.

– Qui ?

– Chez toi.

Le tumulte nous poursuivit jusqu'au quai. Il se tut brusquement quand les portes automatiques de la voiture se refermèrent devant notre nez. David garda le silence pendant le trajet de retour.

A la sortie du métro, je le serrai contre moi, brièvement, comme quand on remet la Légion d'honneur à un bon serviteur de l'État.

– Félicitations, lui dis-je. Tu es maintenant l'un des nôtres. Un usager.

Devais-je à présent le raccompagner jusqu'au pavillon Napoléon III de David Silver II ? David Silver-Lepage ne répondit pas tout de suite.

– Pas tellement impressionnant, finalement, le métro de Paris, déclara-t-il. Tu verrais celui de New York !

– Tu le connais ?

– Bien sûr. Il y a des zones éclairées sur les quais. Si tu t'en éloignes, la compagnie décline toute responsabilité en cas de meurtre. Il est même peu probable que la police vienne chercher le corps.

– Ah ?

– Je n'en menais pas large, tu peux me croire. C'était pour le tournage de ma vidéo : *Je reviendrai à Broadway*.

Nous allâmes nous asseoir sur les coques en plastique d'un abribus. Il tira le téléphone portable de sa poche et le remit en service.

– Ça ne va pas tarder à sonner, prédit-il.

L'attente ne dura pas une minute trente. David indiqua en quelques mots où nous nous trouvions, sans répondre aux questions angoissées qui s'échappaient en chapelets de l'appareil.

– Tu veux que je te dépose ? me demanda-t-il.

– Pas la peine, merci.

Je ne tenais pas à être mêlé à la suite des événements. Sept minutes plus tard, la limousine de monsieur se garait sur l'emplacement réservé aux bus. David monta et la voiture s'éloigna.

Chapitre 5

Ce matin-là, si j'avais su quel genre de journée j'allais vivre, il est probable que je serais resté sous le duvet d'oie de ma couette. A peine réveillé, la lèvre supérieure encore humide de café au lait, je fus rincé de mes derniers songes de la nuit par un coup de téléphone de Stefka.

– Est-ce que vous avez lu le contrat dans l'enveloppe ? Petit crétin ! Votre rôle s'arrête dans l'école ! Qu'est-ce que vous avez fait avec David ? Je devrais vous virer !

J'avais l'impression d'être touché par ricochet. Stefka me refilait probablement le savon qu'on lui avait passé. « Petit crétin », j'imaginais que c'était comme cela que Silver II m'avait appelé. Et David, à quelle épithète avait-il eu droit ? Je me demandais ce qu'il avait bien pu raconter. Nous avions négligé de nous mettre d'accord sur une version des faits. Par chance, Stefka s'abstint de m'infliger un interrogatoire.

Je me joignis au cours de géographie avec un brin de retard. Pour ne pas déranger, je m'assis sur le premier siège libre, à trois rangs de David. L'explication attendrait. A son attitude agitée, son air distrait, je devinai qu'il venait de traverser des moments difficiles. Il ne m'adressa pas le moindre regard.

A la fin de l'heure, le prof me retint un long moment à son bureau pour – je résume – me suggérer l'achat d'un réveille-matin plus performant. Du coup, je n'eus que le temps de courir jusqu'à la salle où se tenait le cours de techno. David ne s'y trouvait pas. Je pouvais comprendre ça. Qui ne rêvait de sauter le cours de techno ? Mais cela ne m'arrangeait pas. Quant à son absence en anglais, de loin sa matière la plus brillante, elle me parut franchement alarmante.

Avait-il lu le menu ? Toujours est-il que David

ne reparut pas davantage quand vint le moment redouté du céleri rémoulade et du rôti de porc-jardinière de légumes. J'en profitai pour me faire excuser et filai à tout hasard au local où Freddy grignotait des sandwichs en fignolant le dernier numéro du *Canard Boiteux*. Nos relations traversaient une période quelque peu polaire mais rien ne m'empêchait de lui demander s'il n'avait pas croisé D.S.-L. en cette fin de matinée.

– Non, là, tu vois, j'ai un numéro qui sort. J'ai d'autres chats à fouetter. Puis c'est toi qui es payé pour le surveiller, le petit Machin-Lepage. Vrai, tu l'as égaré ? Tu veux que je te prête le mégaphone pour lancer un avis de recherche ?

Mélange d'aigreur et de mépris. Grand seigneur, je fis mine de m'intéresser à la dernière une de ce cher La Fouine, dont l'encre n'était pas encore sèche (il fallait en général plusieurs jours). Un coup d'œil me suffit. J'éclatai de rire.

– D'autres chats à fouetter, hein, Freddy ?

Freddy, qui se souciait si peu du petit Machin-Lepage, avait choisi de titrer sur toute la largeur de la page : *La Nouvelle Coqueluche d'Hollywood.*

– Toujours à la pointe de l'actualité, me moquai-je. Bientôt, tu vas nous annoncer l'assassinat de John Kennedy.

Son sourire en coin, mi-honte, mi-venin, m'incita à y regarder de plus près. Privé d'interview exclusive, je ne voyais pas ce que Freddy pouvait raconter de neuf à propos de David. A moins qu'il n'ait finalement mis à exécution sa misérable menace de publier le contrôle de français.

Je commençai à lire.

– Qu'est-ce que… ? Tu dérailles complètement.

Il contemplait avec délice mon visage allongé par la stupeur.

Pas un mot ne concernait David dans cet article intégralement consacré à Danny Radcliffe. L'ignoble D.R. Ce gamin de douze ans qui faisait (je cite) « chavirer le cœur de l'Amérique ». La Nouvelle Coqueluche d'Hollywood. La Star Montant au Firmament. Le Champion du Hit-Parade. La Poule aux Œufs d'Or du box-office. Discographie détaillée, filmographie complète, Freddy n'avait rien négligé.

– Mais qu'est-ce qui t'a pris ?

– Tu m'as toujours dit qu'on pratiquait le même

boulot, toi et moi, répliqua-t-il. La recherche de la vérité. Eh bien, la vérité, la voilà. Déboulonné, ton ami David. Out. Fini. Lessivé. Que veux-tu, on vit dans un monde sans pitié. Un jour, t'es au top. Le lendemain, t'es plus rien.

Curieusement, je me sentis agressé personnellement par les propos de Freddy. Pourtant, si on se souvenait de la fameuse « rentrée officielle » de David, il fallait bien admettre que l'événement n'avait pas ameuté les foules.

– Il va se refaire, affirmai-je. S'il est ici, c'est pour préparer un nouveau film. Et là, tu vas voir !

Freddy ricana, sans se rendre compte que je venais de lui livrer un scoop.

– En France, dans un collège de banlieue ! Le grand tournant de sa prestigieuse carrière !

Il m'agaçait.

Mais, brusquement, les doutes que David lui-même avait émis quant à son avenir me revinrent à l'esprit. Il était jeune et fragile. Sa soudaine disparition cachait peut-être autre chose qu'une allergie à la technologie et à la cantine.

La limousine de seize heures trente était repartie

bredouille et je m'étais bien gardé de me manifester. Quand je parvins à mon bureau, j'avais le moral à zéro. Mais je constate que j'ai oublié de mentionner une innovation qui ouvrait de riches perspectives à ma carrière de détective : grâce au contenu de l'enveloppe remise chez les Silver, j'avais fait installer le téléphone dans ma cabane. Le numéro en était mentionné sur le répondeur de la maison familiale.

Le téléphone sonna et j'entendis la voix de Stefka.

– Ah ! Vous êtes là ! Et lui, où est-il ? Où est passé David ?

Je rapportai le peu que je savais : David était venu assister au premier cours de la matinée mais n'avait pas jugé bon de s'acharner.

– Vous êtes un incapable ! hurla Stefka. On paie pourquoi ? Pour faire la promenade dans le métro ? Et maintenant, vous l'avez perdu !

– Il ne m'a pas demandé ma permission. David est sorti du collège sans me consulter. Vous comprenez, Stefka ? Sorti. Et ma mission s'arrête là, à la porte du bahut. Vous me l'avez assez répété !

Je m'étais mis à crier, moi aussi. Elle commençait à me gonfler sérieusement, l'athlète de l'Est.

– Eh bien, votre mission a changé. Filez de cette cabane ! Allez le chercher ! Si vous ne le trouvez pas, je vous tue !

Elle en avait les moyens. D'une seule main. Je sentis que le moment était mal choisi pour renégocier mon contrat. C'était cependant vrai : apparemment, ma mission s'était élargie.

Pas question pour autant de partir au hasard, l'œil derrière ma loupe. Je me calai un bâton de réglisse au coin des lèvres et ouvris mon carnet à la page Idées Géniales. Je m'appliquai à procéder de façon ordonnée. David avait disparu dans la matinée, vers neuf heures trente. Au-delà, nous mettions les pieds dans l'univers fascinant des hypothèses. J'en dressai studieusement la liste, de la plus plausible à la moins probable.

a) David est parti faire un tour et s'est égaré. Conclusion : on ne devrait pas tarder à le récupérer.

b) D. est rentré chez lui et s'est recouché. Personne n'a encore songé à regarder dans son lit. Conclusion : ***idem.***

c) D. a fait une fugue. Découvrir pourquoi. Se demander où.

d) D. se trouve chez sa mère. Localiser la mère. La contacter.

e) D. a été enlevé. Attendre la demande de rançon.

f) D. a commis un acte désespéré. Par exemple parce qu'il a lu le dernier numéro du *Canard Boiteux*. Retrouver le corps.

g) D. est séquestré par une admiratrice. Interroger Katia R. Autres candidates : les jumelles Dainon (Juliette et Sidonie).

h) D. a été assassiné par l'infect D.R. (Radcliffe).

Il me parut raisonnable d'interrompre la liste avant d'orienter mes soupçons vers les extra-terrestres. Si, me dis-je, rien ne venait confirmer rapidement l'hypothèse a) ou b), la proposition c) passerait en tête de liste. Immédiatement suivie par d). Intéressant, ce d). En c), il ne me resterait qu'à prendre mon pendule et à fouiller une agglomération de onze millions d'habitants. En d)...

Je crois avoir mentionné que j'avais fait installer le téléphone dans mon bureau. Ai-je précisé qu'il y avait également un Minitel ? A la prochaine grosse affaire, je me brancherais sur Internet. Il ne me fallut qu'un instant pour taper son nom sur le clavier : Lepage. La lecture de la réponse fut beaucoup plus longue. Pour la seule ville de Paris, il existait plus de cent vingt Lepage, sans compter les Le Page ni parler des « liste rouge » que France Télécom s'était engagé à ne pas communiquer. Bon. Je pouvais déjà éliminer tous les prénoms masculins. Puis... eh bien, je n'étais absolument pas certain que la mère de David habitait dans la capitale. D'ailleurs, elle s'était peut-être remariée et...

Des pas sur le gravier de l'allée. L'idée me traversa l'esprit que Silver II avait envoyé un sbire pour me faire payer mes mauvais services. Quand la porte s'ouvrit, après un bref grattement, je fus soulagé de découvrir une femme d'aspect frêle, aux cheveux blonds en voie de blanchissement. Un visage étriqué, chiffonné, aux yeux profondément enfoncés, soulignés de cernes mauves. Je la contemplai avec émerveillement. C'était comme un vœu exaucé par la fée Minitel. Car, avant même qu'elle n'ait ouvert la bouche, j'avais compris à qui j'avais affaire.

– Je suis madame Lepage, dit-elle, la maman de David.

Elle pressait un minuscule sac de cuir noir au creux de son ventre. Comme je l'appris un peu plus tard, pour la rencontrer, il m'aurait fallu descendre dans la liste de l'annuaire jusqu'à

Lepage Marie-Amélie. Quant à elle, elle ne me précisa pas où et comment elle m'avait déniché. Car la liste des Martin...

– Je suis un peu surprise, annonça-t-elle en avançant à petits pas.

Mon local ne produit jamais grosse impression au premier coup d'œil. Au second non plus, d'ailleurs. Comme nombre d'autres visiteurs avant elle, Mme Lepage craignait de s'être égarée à la rubrique cabane de jardin, kit de montage sans options.

– Prenez garde, Dan Martin. Personne n'a le droit de m'empêcher de le voir. C'est mon fils, vous m'entendez ?

Elle s'était assise et parlait en fixant de son regard fiévreux un bouton de mon polo.

– Oui, répondis-je prudemment, je sais qu'il y a un différend avec le père.

– Vous êtes de son côté, comme tout le monde.

Dans mon métier, on est généralement du côté de celui qui paie. Mais je m'abstins d'en faire la remarque.

– Savez-vous où se trouve David, madame Lepage ? demandai-je doucement.

– Elle est bien bonne, celle-là !

– En ce moment, insistai-je. A cet instant précis. Le savez-vous ?

– Pas avec moi. Ni hier ni aujourd'hui. Et le week-end dernier ? Rien non plus. On me l'a volé. On m'a volé mon week-end avec David.

– Alors, vous ne savez pas…

– Pourquoi me demandez-vous ça, à la fin ? Je n'ai pas les moyens de payer des détectives, mais j'ai la loi pour moi, Dan Martin, j'ai la loi !

Mme Lepage s'énervait très vite, un peu trop à mon goût.

– Qui vous a parlé de moi ?

– Je mène mes petites enquêtes toute seule.

– Très bien, madame Lepage. Je suppose que vous ne vous seriez pas donné tout ce mal pour rien. Vous avez sûrement quelque chose à me dire ?

– Oh ! à vous, rien... Mais il est devenu impossible de parler directement aux Silver. Ils m'ignorent. Ou ils me mentent. Ou alors, ils me menacent.

Pour la première fois depuis un long moment, elle quitta des yeux mon bouton de polo. Le regard qu'elle me lança faillit me jeter à bas de ma chaise.

– Ils en rêvent..., dit-elle. De m'éliminer.

Façon de parler, imaginai-je. Enfin, rien n'était moins sûr. Voilà que je me retrouvais soudain au milieu d'un conflit dépassant mes compétences habituelles.

– Dites-leur que je ne me laisserai pas intimider.

Marie-Amélie n'attendait de ma part aucun service particulier, juste que je transmette le message.

– Je sais ce qu'ils manigancent, Dan Martin. Ils veulent faire croire que je suis folle. Mais ce n'est qu'une histoire d'argent.

Je repensai à une phrase que David avait lâchée devant moi, un jour. A je ne sais plus quel propos, sur le ton badin qu'on emploie pour prononcer ces mots-là, il avait dit : « Ma mère n'est pas folle. » Mais, après un court instant, il avait ajouté : « Enfin, pas complètement. »

Elle m'adressa un sourire mauvais. A transmettre, lui aussi.

– Je leur coûte très cher. Eh bien, je les ruinerais, si je le pouvais. Vous savez ce qu'ils m'ont affirmé ? Que chaque jour passé en France faisait perdre dix mille dollars à David !

Je n'eus aucun mal à déchiffrer son rire. Il signifiait à peu près : « Dix mille dollars ! Je m'en contenterais pour le mois ! »

– Alors, ils se vengent, continua-t-elle. Ils le séquestrent. Ils l'empêchent de me voir. Je vous assure qu'il préfère pourtant ma cuisine à la leur, cette horrible tambouille américaine.

A présent, son regard me traversait. Je n'étais plus vraiment certain qu'elle me voyait, ni qu'elle se souvenait où elle était. Mme Lepage soliloquait, en pleine divagation. Cela dura près d'un quart d'heure encore. Telle qu'elle la décrivait, la situation était absurde. Pour obéir aux tribunaux, le clan Silver s'était résolu à s'établir en France et à y programmer le tournage du prochain film de David. Or, d'après elle, on refusait de lui présenter l'enfant, ce qui était pourtant l'objet du jugement.

– Je lui avais préparé une bonne blanquette, conclut-elle abruptement. Pour rien. Ils l'ont empêché de venir.

A ce stade de la conversation, il m'était difficile de soupçonner Mme Lepage d'avoir enlevé David pour le contraindre à avaler sa blanquette. L'hypothèse d) battait de l'aile. Je n'eus pas le courage de lui avouer que son fils avait disparu pour de bon. D'ailleurs, elle ne m'aurait pas cru.

– Quant à votre torchon...

Elle ouvrit son petit sac noir et en extirpa, plié

en seize, le dernier numéro du *Canard Boiteux*. Celui où Freddy annonçait la fin de D.S.-L. et l'avènement de l'immonde D.R. Comment avait-elle pu se procurer la feuille de Freddy ? Penchée vers moi, au-dessus du bureau, elle cria :

– Faites bien attention, monsieur Dan Martin. Une mère est capable de tout pour protéger son enfant !

Elle me chargeait probablement d'un dernier message. Mais je ne pouvais me résoudre à prendre au sérieux les menaces de cette femme fluette aux mains tremblantes. J'avais bien tort.

Mme Lepage sortit. Je l'entendis piétiner le gravier, devant la porte, pendant plusieurs minutes, puis tourner autour de la cabane, comme à la recherche de quelque chose. Enfin, elle s'éloigna. Et le téléphone sonna de nouveau. Stefka, encore.

– J'ai fait la découverte terrible ! s'écria-t-elle.

– Le corps ?

– Le plan ! Le plan a disparu et aussi les petits billets !

– Ah !

Après David, le plan et les petits billets. La voix

de Stefka grelottait, comme s'il s'agissait d'une disparition plus tragique que la précédente.

– Est-ce que vous pouvez répéter ? Je ne suis pas sûr d'avoir bien compris.

– Je vous parle de mon sac. Il a fouillé ! Cet enfant stupide n'a même pas pris l'argent.

– Le plan de quoi, Stefka ? Les billets pour aller où ?

– Mais pour le métro, évidemment ! Les petits billets mauves. Et le plan avec les stations.

– Je comprends. Vous êtes certaine que c'est David ?

– Oh oui. Je lui ai avoué un jour que je prenais le métro pour faire des économies. Je me souviens très bien.

Stefka, dans le métro ! Cette grande jeune femme d'allure si convenable ! Vraiment, quelle époque !

– J'avais envisagé cette hypothèse, dis-je. Mais, franchement, je ne l'estimais pas capable d'y retourner tout seul.

– Eh bien, secouez-vous ! Qu'est-ce que vous attendez ?

– Il y a plusieurs dizaines de kilomètres de couloirs, observai-je. L'enquête pourrait prendre un certain temps.

– Ce soir, Dan. Je veux que David il dorme dans son lit ce soir.

Sinon ? Viré ? Devais-je craindre qu'on n'alerte la police nationale ? Dans mon boulot, il n'est pas de pire humiliation.

– La police ? hasardai-je.

– Mr. Silver est en réunion avec ses conseillers. On ne prend pas une décision comme ça à la légère. Si on prévient la police, après, tout le monde sera au courant. Et peut-être que la vie de David sera en danger, on ne sait pas ? Le mieux, c'est de retrouver David ce soir, Dan. D'accord ?

– Oui... oui...

– Promis ?

– Je prends mes petits billets et j'y vais.

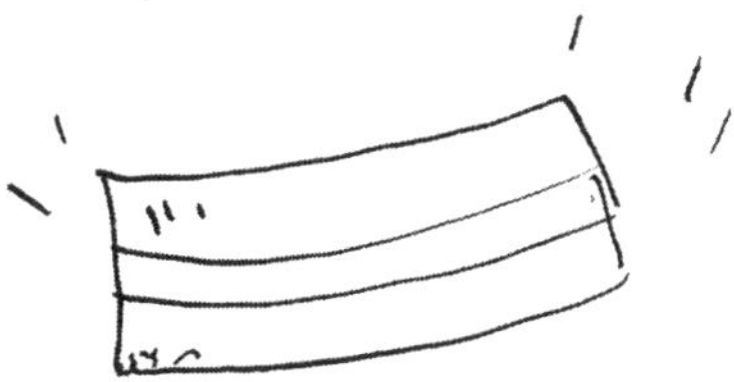

Chapitre 6

Si David était allé chercher refuge dans un taxi, songeai-je en guise de consolation, la mission m'aurait lessivé de mes dernières économies. L'un des grands avantages du métro est qu'on peut en visiter chaque station pour le prix d'un seul ticket. Avant de raccrocher, j'avais demandé à Stefka comment, à son avis, il fallait procéder pour dénicher quelqu'un dans un réseau vaste comme la capitale, au milieu de foules en mouvement fortes de centaines de milliers de personnes.

– Eh bien, justement ! Vous n'avez qu'à interroger les voyageurs !

Stefka ne devait pas se servir très souvent de ses petits billets.

Mais qu'importait tout cela ? Contrairement à ce que semblait croire Son Immensité, le métro était un moyen de transport, pas un lieu de résidence. L'idée que David s'y fût engouffré sur le coup de dix heures du matin pour y vagabonder jusqu'en fin d'après-midi était absurde. Je partis cependant à sa recherche, scrutant les visages croisés avec autant d'espoir que j'aurais trié les gouttes de l'océan après y avoir égaré ma bouteille de Volvic.

Bien évidemment, je commençai par parcourir la ligne 7. Il était impensable que David se fût aventuré d'emblée en terrain inconnu. Je refis donc exactement le trajet que nous avions accompli ensemble, les yeux grands ouverts mais sachant qu'il n'y avait pas une chance sur un million pour que surgisse l'indice révélateur. Je passai en revue les mêmes affiches publicitaires, suivis les mêmes couloirs et descendis les mêmes marches. Sans espoir et sans résultat. David n'avait probablement jamais lu *Le Petit Poucet*. Naturellement, je changeai à Châtelet.

Et là... eh bien, disons qu'il y a comme ça des

jours de chance... où la chance semble ne servir à rien. J'avais voulu localiser Mme Lepage et celle-ci s'était présentée à moi spontanément. Je m'étais demandé où David avait bien pu filer et Stefka, grâce à ses petits billets, m'avait mis sur ses traces. A présent, alors que j'errais au hasard dans les souterrains du réseau, c'était un sourd grondement qui venait répondre à mes interrogations. Boum ! Ta-ta-poum ! Ils étaient là, au même endroit que la dernière fois, à taper comme des sourds sur leurs caisses et leurs bidons. J'eus l'impression de voir se déchirer devant mes yeux le rideau du doute. Mais oui ! Si quelque chose avait convaincu David de retourner dans le métro en solitaire, c'était forcément le désir de les revoir, eux.

Seulement voilà, j'arrivais avec deux métros de retard. Ou trente. S'il était passé par là comme je le supposais, David n'y était plus. Je fis ce qu'il avait peut-être fait quelques heures plus tôt, me plantant face aux enragés de la baguette et du maillet parmi la maigre foule des badauds disposés à perdre un peu de leur temps précieux de voyageurs pressés… et j'attendis. C'est rare mais, parfois, ça marche. Attendre. L'inspiration. Ou un événement quelconque. En général, le déclic ne se produit jamais. Je m'endors avant. Mais, dans ce Niagara sonore, les risques d'assoupissement étaient faibles.

Je finis par noter quelque chose qui aurait dû me sauter aux yeux et aux oreilles : le groupe que je contemplais n'était pas le même que celui de la dernière fois. Enfin presque. Mais pas exactement. Je consultai mes fiches mentales : cinq garçons et deux filles, quatre Blacks, deux Beurs et un petit blond à lunettes. Cette fois, nous avions cinq garçons et une seule fille. Deux Blacks, deux Beurs, une Asiatique à tresses et le petit blond à lunettes. Bon et alors ? Que faire ? Les interroger ? Même si David était resté pendant une heure à les écouter, ils ne l'avaient probablement pas remarqué. D'ailleurs, taper comme ça sur des bidons ne devait pas aiguiser le sens de l'observation.

J'en étais là de mes considérations désabusées lorsque les sons désordonnés qui me martelaient le crâne se mirent soudain à chanter dans mes oreilles de façon inattendue. Au lieu d'une série de ta-ta-poum, j'entendais à présent comme une succession de notes et même, nom d'une Hit List, une sorte de mélodie ! Il ne me fallut pas trente secondes pour la reconnaître. Bidons et peaux de tambour, caisses et casseroles jouaient indubitablement *Maman, tu es la plus belle*, planétaire tube silvérien de l'an passé. Bref, le dernier grand succès de David, avant une relative éclipse et l'avènement de l'odieux D.R.

Étrange, vraiment étrange. Plus j'examinais les membres de la percutante petite troupe du métro Châtelet, moins je parvenais à les imaginer en fans de D.S.-L. Pas le même style. Pas du tout. La vérité m'apparut alors en un éclair. Je vis se dérouler les événements tels qu'ils avaient dû se produire, comme si j'y avais assisté.

Fin de matinée, David prend racine devant les cogneurs souterrains. Pour lui, ils représentent la liberté, une vie sans souci, sans imprésario ni chiffre de ventes. Comme le héros du film qu'il s'apprête à incarner à l'écran (celui qui quitte tout par amour pour un chien), il rêve de briser ses chaînes, d'abandonner une vie de contraintes et d'angoisses pour partir à l'aventure. Finalement, il ose aller vers eux, il les aborde. D'abord, les jeunes gens éclatent de rire, incrédules. Puis ils le reconnaissent. C'est bien lui, David Silver-Lepage. Mais ils ne se soucient guère de ce morveux hollywoodien. Pourquoi le feraient-ils ?

Pourtant, David s'accroche. Une idée germe alors dans l'esprit de l'un d'eux. Ce fameux D.S.-L., il doit être bourré aux as, non ? Pourquoi ne pas essayer de profiter de la situation ? Partir avec lui, lui faire les poches ou même, pourquoi pas, le séquestrer, demander une rançon ?

J'examinai l'hypothèse pendant une poignée de secondes, puis haussai les épaules. Ça ne tenait pas debout. Ridicule, complètement ridi... sauf que, soudain, je la vis, là, autour du cou de la jeune Asiatique à tresses. L'écharpe blanche à franges. Celle de David. J'en aurais mis ma main au feu.

Peut-être était-il déjà trop tard. J'imaginai mon camarade dépouillé puis assassiné, son corps abandonné aux rats dans quelque recoin infâme. Impossible pourtant d'accuser ouvertement ces tapageurs, impossible d'interroger franchement la jeune fille à l'écharpe. Elle aurait prétendu que l'objet lui appartenait, voilà tout. Ou bien elle m'aurait fait signe qu'elle n'entendait pas. A cause du bruit.

J'attendis. J'avais décidé de les suivre, pour savoir où ils se rendaient quand ils se lassaient de marteler. Évidemment, je ne restai pas sous leur nez. Je m'éloignai un peu, sans craindre de rater leur départ : dès que le tumulte s'apaisait, je me précipitais. Il y eut peut-être cinq ou six fausses alertes. A chaque fois, après un bref répit, le tintamarre reprenait. Quand ils cessèrent pour de bon, rangeant enfin leurs instruments pour lever le camp, je fis une curieuse constatation : le groupe avait encore changé. Désormais, il y avait six garçons, plus de fille ni de blond à lunettes. Mon légendaire sens de la déduction afficha instantanément : « David est séquestré – stop – ils prennent des tours de garde et se relaient auprès de lui. »

Je redoutais qu'ils ne se séparent. Si chacun des

six partait de son côté, qui suivre ? Mais il n'en fut rien. La bande fila par les mêmes couloirs et monta dans la même voiture, continuant son tapage. Ces jeunes gens ne se fatiguaient jamais de frapper en cadence. Cela m'arrangeait. A aucun moment l'un d'eux ne me prêta attention, à moi qui les surveillais depuis près de deux heures...

Le parcours fut bref. En métro, tout du moins. Car, une fois sortis, mes amis de la ta-ta-poum band s'offrirent quinze bonnes minutes de promenade dans un quartier de Paris que je ne connaissais guère. Dans le jour déclinant, je crus un instant voir approcher la Seine. Mais il s'agissait d'un petit cours d'eau plus confidentiel, connu sous le nom de canal Saint-Martin. Marchant sur leurs traces, je dessinais mentalement des plans afin de pouvoir rejoindre un jour par mes propres moyens le monde connu.

Un instant de distraction et ils avaient disparu. Impossible pourtant. Pas six d'un coup ! Par chance, ils ne savaient pas exister sans faire de bruit. Je sus donc immédiatement où me diriger. Mais ces bâtiments semblaient ne connaître que la nuit. Un ensemble vétuste d'anciens hangars ou de locaux industriels. Des rails à demi enfouis dans le bitume, une grande porte roulante qui n'avait pas bougé depuis des siècles, un soupirail à fleur de chaussée, ici et là comme des flaques de pavés ronds. Je ne voyais pas d'accès praticable, hormis quelques hautes fenêtres fracassées, un peu au-dessous de la lune. Le bruit s'éloignait. J'allais bientôt me sentir très seul.

Je m'approchai d'un réverbère pour jeter un regard sur ma montre et, aussitôt, une phrase prononcée par David jaillit de ma mémoire. « Jamais après neuf heures du soir, sinon le lendemain j'ai le teint jaune. » Brave garçon qui m'avait livré ainsi le secret de sa peau de pêche. Il était vingt et une heures quinze et j'avais échoué. Vingt et une heures quinze et il ne dormait pas dans son lit. Restait à savoir s'il dormait quelque part.

Je contournai les vieux bâtiments, découvrant d'autres fenêtres, condamnées par des rangées de briques ou de planches. Je ne pus m'empêcher d'imaginer une ancienne prison et ses pensionnaires emmurés vivants. J'aurais voulu entendre encore le son du tam-tam, mais le silence était retombé sur les lieux. J'en fis trois fois le tour avant de repérer le passage béant entre deux hauteurs de moellons à demi écroulés. Par là, on accédait sans difficulté à une cour étroite et ténébreuse, qui sentait l'urine de chat et l'ordure ménagère croupissant en milieu humide.

Je fouillai mes poches à la recherche de mon trousseau de clés. J'y avais attaché un petit robot

de plastique rouge transparent, une babiole donnée en prime avec un fromage de supermarché. Quand on poussait le bouton, une ampoule minuscule nichée dans l'œil cyclopéen de la créature émettait un filet de lumière.

Le faisceau n'éclairant guère plus loin que le bout de mon nez, l'inspection n'était pas facile. Pourtant, il ne me fallut pas longtemps pour découvrir que les bâtiments, si hermétiques en façade, présentaient de ce côté-ci autant d'ouvertures qu'une meule de gruyère. Toutes n'étaient pas accessibles. J'en choisis une au hasard, une bouche noire qui exhalait des odeurs de bois moisi. Je récoltai en m'y glissant un masque en toile d'araignée. Sans doute n'était-ce pas l'entrée la plus fréquentée.

Est-ce que tout communiquait, là-dedans ? Ne pouvant m'en assurer, il ne me restait qu'à partir à l'aventure, à la suite de mes quelques centimètres de lumière. Mon ami le robot me montra un bout d'escalier de pierre puis une porte de bois, close. Ni poignée ni loquet. Pas de serrure. Je poussai doucement, puis un peu plus fort, de l'épaule. La porte tomba d'un coup, à plat, dans un nuage de poussière et d'insectes. J'eus l'impression d'émerger d'une cave. Vers la droite, c'était un fouillis inextricable et, au loin, un halo qui provenait probablement de la rue, le long du canal. A gauche, il fallait escalader des blocs de béton effrité pour accéder à une sorte de demi-étage. Ensuite, c'était l'inconnu.

Rien ne permettait de deviner quelle avait été l'affectation de ces locaux mais on pouvait parier que, même au temps de leur splendeur, il n'était pas très drôle d'y travailler sous les rangées de néons. Aujourd'hui, les tubes étaient brisés et je marchais sur une fine couche de verre pilé. Une caresse visqueuse passa sur mon front. Robot rouge éclaira des câbles gainés de filaments grisâtres, qui pendouillaient du plafond. On se serait cru dans le tunnel de l'épouvante, à la foire du Trône. Soudain, en guise de lueur au bout de ce tunnel, j'entendis enfin une purée de sons dont l'origine paraissait se situer tout au fond du vaste atelier que je traversais. Comme je progressais, mon oreille parvint à faire le tri entre bruits de voix, craquements de pas sur les lattes de plancher, grattements de guitare et, toujours, l'obsédant tambourinement que les jeunes gens du métro émettaient comme un second souffle. Je m'engageai hardiment entre deux rangées de cuves en ciment, hérissées de ferraille. Mon chemin était semé d'embûches mais, à présent, je savais qu'il menait quelque part. En outre, le tapage me permettait d'approcher sans craindre de donner l'alerte.

La suite des événements est demeurée un peu confuse dans mon esprit. Je me souviens très bien de la rambarde et des marches branlantes, ainsi que du filet d'eau qui m'arrosa l'épaule. L'une de mes dernières pensées fut : tiens, il pleut ? Aujourd'hui encore, je suis incapable de répondre à cette question.

Je vis une sorte de petit sas, suivi d'une passerelle. Je m'y engouffrai le cœur battant, sentant que je touchais au but. Au moment où je me redressais, je fus assailli par derrière. Un coup d'une violence inouïe, juste sur le sommet du crâne. Après, plus rien.

Quand je rouvris les yeux, je tâtai mon cuir chevelu, persuadé que l'objet qui m'avait frappé y était resté enfoncé. Mais mes doigts ne trouvèrent que des mèches de cheveux poisseuses, collées par le sang.

J'avais l'impression de n'avoir perdu connaissance que l'espace d'un instant. Je serrai les poings, prêt à affronter mes agresseurs. Je ne les vis pas. Au-dessus de moi, il y avait un grand plafond jaunâtre au plâtre craquelé. Il me fallut le contempler pendant plusieurs longues secondes pour parvenir à la conclusion que je ne me trouvais plus à l'endroit où j'étais tombé. On m'avait déplacé. Quant aux coups sourds qui m'ébranlaient la cervelle, je compris bientôt qu'ils ne m'étaient pas assenés par une main sadique. C'était l'incessant, l'interminable tambourinement des frappeurs du métro qui me torturait ainsi les idées.

Un nuage blanc passa dans mon ciel embrumé. Disparut et repassa.

– David ?

Je me redressai péniblement sur un coude. La frange de l'écharpe blanche me chatouillait le nez.

Un rire féminin me répondit. L'écharpe était toujours autour du cou de la petite Asiatique à tresses.

– Voleurs ! Assassins ! Qu'est-ce que vous avez fait de lui ?

Maintenant, je les voyais tous, dans la grande pièce au plancher disloqué. Mais j'avais les pensées trop embrouillées pour réussir à compter seulement plus loin que trois. Enfin, en additionnant ceux qui grattaient la guitare, ceux qui jouaient du tambour, celui qui graffitait sur un mur, ceux qui fumaient dans un coin, les deux qui roupillaient enlacés et ma voleuse d'écharpe, cela faisait un certain nombre. Trop pour un détective diminué par une blessure lancinante.

– On t'a cru mort, dit une voix. Hein qu'on l'a cru mort ?

La petite Asiatique s'accroupit près de moi. Elle ôta l'écharpe et me tamponna les cheveux.

– Regarde.

Le précieux cachemire de David avait bu une grosse tache rouge.

– On aurait pu discuter, dis-je. Ça ne se fait pas de frapper un étranger.

– C'est la poutre, me souffla-t-elle, comme une confidence.

La suite de l'explication me fut fournie sous la forme d'une petite chanson, émise par un interprète invisible. Un vague rap, sur fond de guitare.

T'es pas le premier, t'es pas le dernier.
C'est d'la poutre qu'faut se méfier.
L'étranger s'est cogné,
l'aurait dû se baisser.

– On y a tous eu droit, dit la jeune fille en soulevant une de ses tresses. Tiens, tu vois ?

Elle me montrait quelque chose au-dessus de sa tempe. Une marque, une bosse.

– Pas mal, hein ? Mais toi, t'as failli te tuer.

Je me demandais si David avait été victime de la poutre, lui aussi. Il fallait qu'on s'explique. Les faire causer ne fut pas facile. Dans l'ensemble, ils étaient davantage portés sur la musique que sur les paroles. La conversation devenant sérieuse, la demoiselle à l'écharpe sanglante s'était retirée dans un coin pour laisser à deux ou trois mâles le soin de défendre le point de vue collectif. La nouvelle génération ne valait pas mieux que l'ancienne.

Ils nièrent. Aucun ne se souvenait d'avoir aperçu David, sans parler de l'avoir assassiné. L'écharpe avait été ramassée par terre dans le métro.

Tel fut leur unique aveu. Ils répondaient avec agacement, d'un mot ou deux, d'un haussement d'épaules ou d'un roulement de tambour. La seule chose qui les intéressait, c'était de savoir ce que je fichais là. Ils me soupçonnaient d'être un espion, à la solde de ceux qui essayaient depuis six mois de les déloger du squat.

– Je suis sûr qu'il est resté à vous regarder pendant une heure au moins, dis-je. Vous l'avez sûrement remarqué. Tout le monde le connaît. Je vous ai même entendus jouer une de ses chansons.

Rires moqueurs et roulements de tambour incrédules.

Je me souvins soudain de la photo. Ma dernière chance de réveiller leurs souvenirs. Je me redressai et m'assis sur deux fesses vacillantes pour pouvoir tâter mes poches. Devant moi, par la grande verrière du fond, je voyais Paris reprendre des couleurs au-dessus des toits. Cette constatation faillit me renvoyer net sur le plancher. Si le jour se levait, c'est que j'avais dû rester déconnecté un sacré bout de temps. J'en étais à la quatrième poche et je ne trouvais toujours rien.

– Hum ! fis-je, diplomate. Je crois bien que j'ai perdu mon portefeuille dans ma chute.

– Non, non.

Le ton était sans souci. Je m'efforçai d'enchaîner avec la même légèreté.

– En ce cas, peut-être pourriez-vous...

– Sûr.

On eut l'obligeance de se lever pour me l'apporter.

– Est-ce qu'il n'y avait pas un peu d'argent ? demandai-je sans cesser d'explorer le portefeuille.

– Un peu, me confirma-t-on.

– Ah ! la voilà.

Je leur tendis la photo. Elle passa de main en main.

– Et lui, vous avez l'intention de le garder aussi ?

L'un après l'autre, ils contemplèrent en riant la photo de David.

– C'est ton amoureux ? suggéra la petite aux tresses.

– Ça va, dis-je.

– « Pour Dan », lut-elle. C'est toi, Dan ?

Soudain, les langues se délièrent.

– Je le reconnais, c'est l'horrible machin-chose, là...

– Le mouflet-chantant.

– D.S.-L.

– Vous l'avez vu ? demandai-je.

– Ouais, ouais. Moi, je l'ai vu. Ce midi. Mais j'aurais jamais osé le reconnaître dans le métro.

– Et alors, tu l'as perdu ?

Je décidai de faire une tentative pour hisser mon corps sur ses deux jambes.

– On dirait bien, admis-je en tendant les bras pour essayer d'attraper le plafond et l'empêcher de tourner.

Il n'est jamais agréable de s'assommer à mort pour rien. Pourtant, je croyais de moins en moins à la culpabilité des squatters percutants. Je n'avais pas seulement perdu David mais aussi mon temps. Et presque la vie. Mais où était donc passée la jeune star ?

Chapitre 7

L'un d'eux proposa aimablement de me reconduire jusqu'au canal. Arrivé au bord, il s'abstint de demander s'il devait me pousser. Ni la ligne 7 ni aucune autre ne me disait rien pour le moment. Je décidai de marcher un peu. L'air vif du petit matin me rafraîchirait peut-être les méninges.

Je me dirigeai vers la place de la République, tourmenté par la voix de Stefka, qui m'ordonnait de me débrouiller pour que David passe la nuit dans son lit. Je pourrais lui raconter que l'oreiller m'avait manqué à moi aussi, mais je savais que cela ne la consolerait pas. Stefka se moquerait pas mal de mon sommeil agité, de mes coups et de mes blessures. J'avançais lentement, le cœur me battant aux tempes, un goût amer dans la bouche. Heureusement, à cette heure matinale, les passants étaient encore rares. Avec mes cheveux collés par le sang et mon regard de mort vivant fraîchement déterré, je devais faire peur.

Je rasais les murs. C'est ainsi que je me retrouvai passant devant les fenêtres grandes ouvertes d'un rez-de-chaussée. Certaines gens vivent à mi-chemin entre frigo et réverbère, entre les infos de la télé et les conversations de la ville. Je me retournai soudain vers cet intérieur modeste, où ma curiosité n'était pas invitée. Il y avait là une femme âgée, assise devant une table où s'empilait du linge plié. Mais je la vis à peine. Ce que je cherchais, c'était la source de la voix dramatique qui m'avait surpris brusquement, en pleine marche. Elle disait : « Vous vous souvenez tous du petit David Silver-Lepage qui nous a fait rêver à l'écran dans *Croisière enchantée* et dans *Les Robinsons de l'île perdue*, sans parler de ses ritournelles à succès : *Premier baiser* ou *Ma chambre d'enfant...* »

Je scrutai le gros poste d'une autre époque, avec ses boutons comme des soucoupes, sa bakélite crème et son haut-parleur couvert de tissu gris. J'attendais qu'il m'annonce la mort de David. Mais la vieille dame avait tourné la tête. Ce que je lus dans ses yeux me confirma que je n'étais pas beau à voir. Elle réprima un cri, les deux mains devant la bouche et, courageusement, se leva pour venir me claquer la fenêtre au nez. J'eus le temps cependant d'entendre sortir de la radio quelques mots presque rassurants : « disparu sans explication… l'inquiétude grandit… »

Je savais ce que j'avais besoin de savoir. Le clan Silver avait donc décidé de rendre publique la disparition de David. J'aurais pu être mortifié par ce qui revenait pour moi à une lettre de licenciement. Ou éprouver quelque satisfaction à l'idée que, pour l'instant, personne n'était beaucoup plus avancé que moi. Mais je n'aspirais plus qu'à rentrer à la maison. Une douche et au lit.

J'avais prévu de me contenter d'un petit somme, deux ou trois heures réparatrices avant de remettre la machine en route. Quand je rouvris les yeux, il faisait nuit. Je trouvai sur ma table de chevet un petit mot signé de ma mère, plein de points d'interrogation. J'avalai un café et un morceau de saucisson, nettoyai mes blessures de la veille puis me recouchai. Je n'aurais pas su dire quel jour de la semaine nous étions. Peut-être, après tout, avais-je dormi soixante-douze heures d'affilée. Je laissai s'égrener les minutes, à l'écoute de mes pensées, attendant que se manifeste une idée, une volonté, un désir... A sept heures, j'allumai la télé du salon. Les affaires du monde allaient comme d'ordinaire : mal.

Élections truquées, corruption, famine, inondations, grèves, réfugiés, mauvais traitements, profits suspects, épidémies, statistiques. Enfoncé dans mon fauteuil, pressant sur mon crâne meurtri un glaçon qui me mouillait les joues de larmes froides, j'écoutai jusqu'au bout. Passé les résultats du championnat de France féminin junior de hockey sur gazon, je me résignai à entendre, en inévitable conclusion, la météo.

Le présentateur du matin me réservait cependant une surprise. Comme une bonne blague, une info qu'il aurait gardée derrière son dos pour me faire bisquer, il ajouta avec un grand sourire, juste avant de passer la parole à l'anticyclone des Açores :

« Plus d'inquiétude en revanche pour le jeune David Silver-Lepage. La petite star, dont on était sans nouvelles depuis près de quarante-huit heures, a fait sa réapparition très tôt ce matin. Reste à savoir où notre Robinson, pour évoquer l'un de ses grands succès à l'écran, était passé. Sans doute plus de précisions dans nos prochaines éditions. »

Un blanc puis, tandis que le visage du présentateur s'effaçait pour laisser place à une photo, ces quelques mots :

« On le voit ici en compagnie de sa maman. La météo... »

Image furtive, plan fixe, sans intérêt ni émotion. Voilà pourquoi, certainement, l'information avait été reléguée en fin de journal. Mais elle me fit à moi un effet considérable. Car, sur cette diapo, la femme qui tenait David par la main n'était pas Marie-Amélie Lepage. C'était Stefka.

Parmi les diverses options qui se proposaient à moi, j'exclus en priorité l'hypothèse d'une journée au bahut. Après avoir traîné jusqu'en fin de matinée à siroter de l'aspirine effervescente, je décidai de reprendre mes activités dans le cadre paisible de mon bureau. De la migraine consécutive à ma commotion, il ne me restait plus qu'une sorte de gueule de bois. Une brève réflexion me convainquit que je devais décrocher mon téléphone.

Mais la maison Silver ne répondait pas.

J'aurais pu attendre tranquillement que la télé m'apporte les développements promis, mais cela ne me convenait pas. J'avais besoin de retrouver ma petite place dans le circuit. Faute d'idée plus brillante, je décidai d'aller faire un tour du côté de la villa Napoléon III.

Les abords étaient calmes. Nulle trace des cars, caméras et micros que j'avais imaginés. J'allai sonner à la grille principale. David m'avait dit que Silver II n'aimait pas s'entourer de personnel, ne tolérant guère, outre le chauffeur, que Stefka auprès de lui. Il vivait sobrement et ne rechignait pas à préparer lui-même ses repas. Je ne fus donc pas surpris de n'obtenir aucune réponse. En revanche, ce silence m'indiquait que Stefka était sans doute absente. Cela ne me découragea pas. Non, je n'avais pas envie de repartir bredouille. Je m'étais égaré, durant près de deux jours, loin des événements ; ce qui s'était passé pendant ce temps-là manquait pour le moins de clarté. David disparu. David réapparu. Ce qui devait demeurer secret rendu public. Pour en savoir plus, je me sentais presque disposé à escalader les grilles de la villa. Ce que je remarquai alors me donna l'impression d'halluciner. Oh ! rien d'extraordinaire. Tout bêtement, les grilles n'étaient pas complètement fermées.

Certes, si j'étais surpris en train de fouiner dans la propriété de David II, j'aurais du mal à fournir une explication. D'ailleurs, j'ignorais moi-même ce que je cherchais.

J'avais juste l'intention de faire le tour des murs, de flairer les lieux. Mais le petit jardin était trop étroit pour receler le moindre mystère. Il suffisait d'un coup d'œil pour s'assurer que la terre des plates-bandes n'avait pas été retournée de fraîche date. Gravissant les quelques marches qui menaient à la porte d'entrée de la villa, je me disais que les miracles ne se produisaient pas deux fois. Pourtant, sous ma main, le gros bouton doré ne demandait qu'à tourner. La voie était libre.

A partir de cet instant, en cas de rencontre, ma situation devenait franchement embarrassante. Pénétrant dans la maison, je songeai qu'elle ne pouvait être ainsi ouverte à tous vents sans qu'il y eût quelqu'un à l'intérieur. Mais la lassitude et l'exaspération nées de ces dernières heures me poussaient de l'avant. La perspective d'être surpris ne m'inquiétait pas. A vrai dire, je le souhaitais presque.

M'engageant dans le dédale de pièces, de corridors et passerelles, je me dirigeai résolument vers l'endroit où, selon mes souvenirs, j'avais rencontré Silver II. Si cet homme peu avenant surgissait devant moi, je prendrais l'offensive et lui affirmerais, c'était décidé, que je venais restituer l'argent remis pour une mission qui n'avait plus lieu d'être. En espérant qu'il refuserait car, de cette somme, il ne me restait plus grand-chose...

Au moment où je m'habituais à l'idée que la maison était déserte, me demandant jusqu'où j'allais poursuivre l'indiscrétion, un bruit de voix parvint à mes oreilles. Mon cœur se mit à battre et ma belle assurance à s'effriter. Je ralentis le pas mais continuai d'approcher, tentant de capter quelques mots et d'identifier les personnes présentes.

Je me savais près de la serre aux papillons et du vaste salon orné de tapis où j'avais eu un entretien avec Silver II. Pourtant, ce n'était pas de là que s'échappaient ces bribes de conversation. C'était... Je faillis éclater de rire. Maintenant, je distinguais clairement le son d'une télévision. Rasant le mur, j'avançai comme une ombre jusqu'à la porte à demi ouverte derrière laquelle semblait se trouver le poste. Avant de décider de la conduite à tenir, je voulais découvrir qui regardait la télé. Exercice périlleux consistant à jeter un coup d'œil dans la pièce sans me trahir. Il m'en fallut un deuxième puis un troisième avant de m'assurer que l'endroit était désert.

L.C.I., la chaîne de l'info câblée, déversait son chapelet de mauvaises nouvelles devant deux fauteuils vides. Chômage, inondations, massacres, manifestations, menaces, trafics, négociations...

ça recommençait. Mais, cette fois, la conclusion fut conforme à ce que j'espérais. Les images promises tôt dans la matinée par une autre chaîne étaient arrivées sur les écrans.

« Épilogue heureux dans l'affaire de la disparition du petit David Silver-Lepage. Tous les fans de la jeune star hollywoodienne ont poussé un ouf de soulagement en apprenant que David était sain et sauf. Reste à éclaircir le mystère de cette éclipse. Nos caméras étaient sur place. »

Le reportage était aussi bref que frappant. On y voyait David enveloppé dans une couverture, le visage noirci comme s'il avait passé la nuit dans une cave à charbon. Auprès de lui, Stefka. Elle le prenait par les épaules pour le pousser dans une limousine que je connaissais bien. Aucun mot n'était prononcé à l'adresse de la petite foule, journalistes et curieux, qui assistait à la scène, dans un coin de Paris que je ne reconnus pas. « Fugue, enlèvement ? s'interrogeait la voix qui commentait les images. On n'a voulu faire pour le moment aucune déclaration dans l'entourage de David. Mais déjà, on murmure que, surmené par sa vie de star, ce jeune garçon pas tout à fait comme les autres aurait craqué. » Suivaient des considérations édifiantes sur les dollars qui tournent la tête et la gloire qui ne dure qu'un temps.

Puis vint le tour de la météo.

Je sursautai. Quelque chose bougeait sur la carte de France, juste entre les nuages qui abordaient le golfe du Lion et le soleil vaillamment installé sur le Roussillon. Une tache bleue qui vibrait. Deux ailes. Un papillon. L'écran l'avait attiré, comme moi, dans la pièce.

Cet incident eut curieusement pour conséquence de me faire prendre conscience de ma situation. Soudain, il me sembla urgent de filer au plus vite. Sortir de la villa avant de devoir expliquer ma présence, et me donner le temps de réfléchir sur ce que je venais de voir à la télé.

Il y en avait d'autres. Bleus, rouges, noirs, multicolores, un grand aux ailes presque transparentes. Les papillons de Silver avaient envahi le couloir. Je ne m'expliquais pas comment ils avaient quitté la serre. La curiosité, de nouveau, s'empara de moi. Je m'immobilisai, l'oreille aux aguets. Mais la grande demeure était toujours aussi silencieuse, hormis les ronronnements et les chuintements du système qui entretenait une atmosphère tropicale dans la serre exotique. Là, tout près de moi, de l'autre côté d'une porte entrouverte.

Ma prudence de citoyen respectueux des lois me suggérait que c'en était assez et que le moment était venu de me retirer mais l'apparition d'un nouvel insecte, qui éventait doucement la poignée de la porte, aiguillonna mon instinct de détective. J'entrai, une phrase d'excuse aux lèvres. Mais je n'eus pas à la prononcer.

Mon irruption dans le salon souleva une gerbe multicolore. J'eus un instant la vue brouillée par ce papillonnant remue-ménage, qui s'apaisa presque aussitôt. Alors, je le vis, couché sur le sol, près de son gros fauteuil de cuir. Dans la moiteur étouffante, derrière le corps inerte de Silver II, l'immense verrière de la serre montrait une étrange découpe en forme de cathédrale. Autour de ce vide par où s'étaient échappés les papillons, portés par le souffle amazonien de la machinerie, des plaques de verre fissuré continuaient de pendre.

La forte carcasse de Silver était étendue sur le dos. Dans ses yeux ouverts et fixes, on lisait encore la stupeur. En approchant, je découvris au-dessus de lui, sur la partie intacte de la vitre, cette inscription en lettres rouges, qu'il avait certainement tracée avec son sang avant de mourir :

C'EST MAL

Il m'était difficile de lui donner tort.

Je m'agenouillai près de lui. Le meurtre par arme à feu ne faisait aucun doute mais, sous la tache écarlate qui s'étendait sur sa chemise blanche, on ne pouvait deviner le nombre et l'emplacement des impacts. Je savais en tout cas que l'assassin avait tiré plusieurs fois, puisqu'une balle perdue avait fracassé la verrière. Je touchai la main de Silver. La peau était tiède. Mais comment le corps aurait-il pu refroidir dans cette atmosphère tropicale ?

Je restai un long moment dans la même position, contemplant les fleurs exotiques qui oscillaient doucement dans la serre sous l'effet d'un souffle chaud. L'un des papillons bleus qui faisaient la fierté de Silver se posa sur sa poitrine ensanglantée, voleta un instant puis atterrit sur la joue blême où il inscrivit un minuscule pointillé rouge. L'esprit engourdi, je ne sentais plus que le picotement de la sueur qui roulait le long de mes flancs.

Je savais bien que je devais prendre mes jambes à mon cou. Mon innocence serait certes facile à établir mais il ne fait jamais bon traîner auprès d'un cadavre fraîchement massacré. Pourtant, je restais là, comme attendant le retour de l'assassin.

Et, soudain, le corps de Silver II se mit à sonner.

Chapitre 8

Je connus un moment de pure panique. J'eus l'impression d'affronter un sortilège, comme si la dépouille de Silver reprenait vie.

La sonnerie venait de la poche intérieure de sa veste. Quelqu'un l'appelait sur son portable. Je ne pus supporter l'idée d'ignorer qui se trouvait à l'autre bout de la ligne. Les chances pour qu'il réponde lui-même me paraissant assez réduites, je puisai en moi le courage de glisser la main contre la chemise imbibée de sang, afin de saisir le petit appareil noir.

J'émis un vague grognement, une sorte de *yeah* américain.

– David ?

La voix se mit à parler en anglais, très vite. Mais, même en chinois, j'aurais reconnu Stefka. Quant à comprendre ce qu'elle disait, j'y parvins à peu près.

Stefka semblait mi-agacée, mi-anxieuse. Ce n'était visiblement pas la première fois qu'elle tentait de joindre Silver, sur le portable ou sur une autre ligne. Elle commença à parler de la presse, de ce qu'il fallait dire, de David, l'autre, le fils, puis s'interrompit, intriguée par le silence de son interlocuteur.

– David ?

– Hon ! hon !

– David ?

– Stefka..., marmonnai-je.

Un blanc puis, en français, d'un ton étonné :

– Qui est là ?

– Martin, dis-je.

– Dan ?

Nouveau silence.

– Oh... je... je m'ai trompé de numéro. C'est incroyable. Pourtant, je...

– Non, Stefka. Vous ne vous êtes pas trompée.

– Mais pourquoi...

Il m'était assez difficile de le lui expliquer au téléphone.

– Je suis chez Silver. Il s'est passé quelque chose de grave. Vous feriez mieux de venir.

Elle perçut à l'évidence que je ne plaisantais pas et coupa la communication sans rien ajouter. Je savais que je ne tarderais pas à la voir arriver.

Je sortis prendre l'air, aussi bien pour mon propre confort que pour accueillir Stefka et la préparer à ce qu'elle allait découvrir. Assis sur les marches du perron, je ne pus fuir la question cruciale. Qui avait tué Silver ? Je ne savais à peu près rien de cet homme. Mais notre brève rencontre m'avait laissé l'image d'un personnage qui ne devait pas compter que des amis. L'exploitation des talents de son rejeton n'était probablement pas sa seule activité. Il y avait donc sans doute mille pistes possibles. Cependant, je ne possédais pas l'embryon d'un indice. Stefka était-elle au courant des affaires de son patron et amant ? Je supposais que oui.

Elle poussa la grille et fonça vers moi à grandes enjambées de sprinteuse. Stefka avait l'air inquiète et fatiguée.

– Alors, qu'est-ce qui se passe ?

J'avais prévu de la ménager. Pourtant, presque malgré moi, j'annonçai :

– Silver est mort. Assassiné.

Elle répéta :

– Qu'est-ce qui se passe ?

Puis elle ajouta :

– Vous êtes fou.

Mais, déjà, je sentais qu'elle avait accepté la vérité.

Nous entrâmes et Stefka se laissa conduire dans la villa jusqu'au salon tropical, ses pas dans les miens, comme si elle ne connaissait pas la maison. Sur le seuil de la grande pièce, elle hésita un instant avant de me suivre. Elle entra, les deux mains sur la bouche.

– Oh ! Dan !

Elle me regardait avec horreur, comme si j'étais le meurtrier. Mais, curieusement, une tout autre idée avait traversé son esprit.

– Vous ne pensez pas c'est moi, n'est-ce pas ? me demanda-t-elle, angoissée.

J'avais bien sûr envisagé l'hypothèse, mais pourquoi aurait-elle tenté de téléphoner à un homme qu'elle venait de tuer ?

– Je souhaitais avoir une explication avec lui, et aussi avec vous, me contentai-je de répondre, afin de justifier ma présence.

– Non, ce n'est pas moi.

Cette fois, le ton était ferme, presque froid.

– Comment est-ce que...

Elle n'acheva pas. Mais j'avais compris.

– Arme à feu, dis-je. Avait-il des ennemis ?

– Pas beaucoup d'amis.

Un papillon frôla son nez et elle eut un mouvement de recul, presque de crainte. Stefka détestait ces bestioles, ça se voyait. Elle fit quelques pas vers le corps de Silver, le contempla un instant puis se retourna vers moi. Un léger tremblement agitait ses paupières et le coin de sa bouche mais ses yeux étaient secs. Elle semblait plus choquée qu'affligée.

– Il faut que vous me racontiez ce qui s'est passé avec David, dis-je. Je n'ai rien compris.

– Mais… ça n'a rien à voir ! protesta-t-elle.

– Où est-il ?

– Chez moi, bien sûr.

Nous regardâmes tous deux en direction du corps de Silver. Je ne sais à quoi pensa Stefka. Pour ma part, je songeai qu'il y avait eu un meurtre dans cette maison et que nous n'avions pas encore averti les autorités. Mais je n'avais pas envie de voir surgir la police avant d'entendre ce que Stefka avait à me dire. Elle manifesta le désir bien compréhensible de quitter la pièce. Nous passâmes dans le bureau où la télé fonctionnait toujours.

Stefka s'assit, allongea ses grandes jambes et inspira profondément.

– Je ne sais pas qui a fait ça, Dan, dit-elle, mais je comprends. On s'est disputés très fort à cause de David mais moi, j'aurais plutôt étranglé…

Curieuse entrée en matière.

– Est-ce que David a vraiment fugué ?

– Oui, oui, bien sûr.

Le début de l'histoire, je le connaissais.

David introuvable, l'inquiétude et la colère de Stefka n'avaient pas été feintes. Silver avait d'abord réagi comme elle, furieux, imaginant toutes sortes de complots. Pendant quelques heures, il avait hésité à rendre publique la nouvelle de sa disparition.

– Il a discuté avec ses conseillers, raconta Stefka. L'imprésario, l'avocat, vous voyez.

Contrairement à ce qu'on pourrait supposer, il ne s'agissait pas de savoir s'il convenait d'avertir la police. Pour ces hommes qui géraient la carrière du prodige hollywoodien, « rendre public » signifiait alerter la presse. Autrement dit, tirer parti de l'événement pour tenter d'arracher quelques gros titres aux journaux. Depuis plusieurs mois, ils cherchaient le moyen de remettre David, éclipsé par Danny Radcliffe, à la une de l'actualité.

Je percevais dans la voix frémissante de Stefka toute l'étendue de sa réprobation.

– Ils ne savaient même pas si David il était vivant ! s'exclama-t-elle. Et ils ne pensaient qu'à ça : faire parler de lui !

Songeant à ce que David m'avait dit à propos de la copie de français chipée par Freddy, je n'avais pas de peine à la croire.

– Mais David ? Où était-il passé ?

Elle haussa les épaules, comme si ce n'était là qu'un détail sans importance.

– Rien de grave. Il a voulu vivre l'aventure tout seul. C'est votre faute. Le métro, la liberté...

– Oui. Il a regardé les musiciens.

Ce que j'ignorais, c'était la suite.

– Et après ?

– Il a eu peur. Peur de continuer, peur de rentrer. Il a passé la nuit dehors. Dans des quartiers louches, il m'a dit. Il avait laissé son portable, exprès. Mais après, il a regretté. Il a voulu essayer une cabine mais il ne connaissait pas le système, avec les cartes de téléphone. Il voulait qu'on vienne le chercher. Il était perdu dans la nuit.

– Pauvre chou.

– Il n'osait pas demander sa route, vous comprenez ?

– Quand on traverse le grand canyon sur un fil, qu'on dort à la belle étoile dans des paysages sauvages, avec son chien et son violon...

– Mais non, c'est du cinéma, ce que vous racontez, répondit Stefka, imperturbablement sérieuse.

– Vous avez quand même fini par le retrouver, non ?

– Oh oui. Le lendemain matin, il a pris un taxi. Il n'avait presque pas l'argent. Alors, il a attendu le jour. Il croyait que les taxis coûtaient très cher, la nuit. D'ailleurs, c'est moi qui ai payé.

« L'ignorance des surdoués n'a pas de limites », songeai-je.

– Mais c'était trop tard, poursuivit Stefka. Quand il est arrivé, Dav... enfin, Mr. Silver avait déjà envoyé le communiqué à la presse.

– Et alors ? Il suffisait de rectifier en annonçant la bonne nouvelle, non ?

– Non... Il m'a dit : « La machine est en route, Stefka. » Il était content, finalement. Son fils était rentré et la machine était en route...

– Comment ça ?

– La presse. On allait parler du petit. Mais il fallait le cacher, bien sûr. Et moi, je n'étais pas d'accord. David non plus. Silver a même crié : « Je suis trop bête, j'aurais dû y penser plus tôt ! »

Silver avait demandé à Stefka de garder David chez elle pendant quelques jours, trois ou quatre, pas plus, le temps de faire monter la pression. Le temps aussi de mettre au point un scénario plausible. Silver s'y connaissait en scénario. Il aurait aimé faire croire qu'il s'agissait d'un enlèvement mais l'affaire était trop risquée. Alors, il avait opté pour le coup de déprime. Pas parce que la jeune star voyait fuir son succès, non, cela aurait fait plutôt mauvais effet.

Au contraire, le surmenage. Il imaginait déjà les gros titres :

DAVID A CRAQUÉ

Comme le héros qu'il devait incarner à l'écran.

Stefka avait l'air accablé.

– Vous imaginez pas, Dan. Ils écrivaient déjà tout ce que David il devrait raconter. Qu'il avait voulu retrouver les chanteurs du métro, faire l'expérience de la liberté, vivre comme un vagabond. Ils ont même commencé à écrire une chanson. Mais moi, j'ai refusé de jouer ce jeu-là. Pour David et aussi pour la mère.

Tiens, je l'avais oubliée, celle-là ! Stefka avait

demandé à Silver de la mettre dans la confidence, afin de la rassurer sur le sort de David.

– Il n'a pas voulu. Il a dit : « Elle est dingue, on ne peut pas compter sur elle. » Alors, j'ai téléphoné à la presse pour annoncer que David était revenu. Silver était fou de rage.

Je vis Stefka blêmir à ce seul souvenir. Allait-elle m'avouer à présent que Silver et elle avaient eu une altercation, et qu'elle l'avait tué ? Je m'y attendais presque. Elle m'indiqua simplement que Silver l'avait alors obligée à mettre en scène le retour de David au bercail, visage sali et mine défaite, enveloppé dans une couverture comme un rescapé arraché de justesse à la mort, afin de sauver les apparences.

– A la télé, remarquai-je, ils vous présentent comme la mère.

Elle soupira.

– Ils disent toujours n'importe quoi.

Elle ouvrit la bouche pour ajouter quelque chose mais s'interrompit net, sourcils froncés. A mon tour, je perçus le son de la sirène.

– C'est vous ?

Interrogative. Puis, affirmative, me fusillant du regard :

– C'est vous ! Vous avez appelé la police !

– Non, je vous assure...

Elle s'était levée, précipitée vers une fenêtre. Je la rejoignis. De l'autre côté des grilles de la villa, un car de flics venait de s'arrêter. Stefka s'affola. Elle secoua la tête, leva les bras au ciel et cria dans sa langue natale quelques mots que je ne compris pas. Puis elle jaillit hors de la pièce.

– Stefka !

Elle n'était pas allée bien loin. Je la retrouvai dans le salon tropical, arpentant la pièce, comme incapable de décider ce qu'elle devait faire. On eût dit qu'elle cherchait le moyen de dissimuler le corps. Brusquement, elle se jeta sur moi et m'étreignit de ses membres interminables.

– Dan ! Sauvez-moi ! Ils vont croire c'est moi. Et David, pauvre David. Dan...

Je me hissai sur la pointe des pieds pour lui tapoter l'épaule. Le raffut qui nous parvenait maintenant de l'étage inférieur annonçait une arrivée en masse. Le moins que l'on puisse dire est que cette irruption m'intriguait. J'aurais pourtant juré que personne avant moi n'avait découvert le drame. Il ne restait donc qu'une seule possibilité...

Les flics semblèrent aussi surpris que nous. Visiblement, ils ne s'attendaient pas à trouver quelqu'un sur place. L'un d'eux dégaina son arme mais ses collègues le calmèrent aussitôt.

– Tiens, par exemple... Dan Martin soi-même.

– Bonjour, lieutenant.

Le lieutenant Chayotte, vieille connaissance, me considéra avec un mince sourire. Il était accompagné de son adjoint habituel, et de quatre hommes. Mais moi, je ne voyais qu'elle, qui avançait derrière lui, regard égaré et cheveux en bataille. Marie-Amélie Lepage. L'un des policiers la tenait par le bras. Elle lui échappa avec vivacité et se rua dans la pièce. Je crus qu'elle allait se jeter sur le corps de son ancien mari mais c'est sur Stefka qu'elle fonça, telle une furie.

– C'est sa faute, à cette traînée !

Stefka battit en retraite. Deux flics rattrapèrent Mme Lepage et, un de chaque côté, la poussèrent fermement mais sans violence vers l'endroit où

Silver était tombé. Le lieutenant était accroupi, penché sur la poitrine ensanglantée.

J'échangeai un bref regard avec Stefka, interloquée. Puis je tournai de nouveau mon attention vers la petite femme qui se tenait, raide comme un piquet, devant la dépouille de l'homme dont elle avait partagé la vie.

La voix de l'adjoint me fit sursauter. Il s'était penché à mon oreille pour y glisser :

– Elle s'est présentée spontanément au commissariat. L'arme était encore en sa possession. Ce sera facile de vérifier.

Je crus qu'il en avait terminé mais il ajouta :

– Il faudra que vous nous expliquiez ce que vous fichez là, Martin.

A ce moment, mes yeux se levèrent vers la vitre brisée de la serre aux papillons. J'y lus la rouge inscription tracée par Silver avant de mourir. « C'est MAL. » Et je compris. M. A. L. Marie-Amélie Lepage.

Chapitre 9

Nous étions assis à la terrasse d'un café et, par chance, David tournait le dos à l'affiche que j'apercevais du coin de l'œil. Le nom de Danny Radcliffe y apparaissait en gros, vedette du prochain succès annoncé de l'automne finissant. Pourtant, David ne pouvait pas se plaindre d'avoir été négligé par les gazettes au cours de la semaine écoulée. Sans doute même n'avait-il jamais fait l'objet de tant de gros titres. Le public aime les stars, et plus que jamais quand le malheur s'abat sur elles.

C'était David qui avait demandé à me voir, après que j'eus en vain tenté de prendre de ses nouvelles à plusieurs reprises. Il était arrivé coiffé d'une casquette et le visage mangé par de grosses lunettes noires. De crainte que le garçon ne reconnaisse sa voix, il avait voulu que je passe commande à sa place d'un infect breuvage au goût de gingembre.

– Je repars pour l'Amérique avec Stefka, m'informa-t-il. Tiens.

Il poussa sur la table un bout de papier plié en quatre.

– Qu'est-ce que c'est ?

– Mon adresse Internet. Je ne sais pas encore où je vais habiter mais, avec ça, tu pourras toujours me joindre. Enfin, si tu veux.

Je hochai la tête.

– Et le film ? demandai-je. Le tournage commence bientôt ?

– J'espère. Et aussi un C.D. Un truc moitié rap, moitié funky, avec juste un peu de techno, tu vois ?

– Hon ! hon !

Il y eut un long silence et je laissai dériver mes pensées. Si le film se tournait, ce serait aux États-Unis. Après ce qui venait de se produire, Mme Lepage aurait du mal à exercer son droit de garde. Je la revis, dans le salon aux papillons, tandis que les flics l'emmenaient. Silver avait voulu la faire passer pour déséquilibrée, afin de lui arracher définitivement David. Et voilà qu'elle partait, hagarde, en route pour la folie. Le lieutenant Chayotte m'avait convoqué. Je lui avais affirmé que Stefka et moi nous étions retrouvés par hasard dans la villa, ayant rendez-vous avec Silver. Il avait avalé ça avec indifférence.

– J'ai quelque chose qui aurait intéressé les flics, me dit soudain David, mais je préfère te le donner à toi.

Le paquet gonflait l'une des poches de sa veste. A l'intérieur, il y avait une cassette.

– Un film ? devinai-je. Lequel est-ce ?

Il eut un drôle de sourire.

– Mon père avait installé un système de vidéo-surveillance à la villa. C'est le meurtre.

– Quoi ?

– Il a dû mettre l'enregistrement en route en voyant arriver ma mère.

Histoire de conserver un témoignage de son comportement délirant, songeai-je. Il avait été servi.

– Il n'y a que l'image, dit David. Pas de son.

Je la pris, estimant qu'il valait mieux que David ne l'ait plus en sa possession. Comme je le constatai quelques heures plus tard en la visionnant, elle contenait en effet des éléments de nature à intéresser la police. Et aussi, peut-être, à atténuer la responsabilité de la meurtrière. On y voyait Silver et son ex-femme en grande discussion. A un moment, elle s'emparait d'une chaise et brisait la vitre de la serre. Il ne s'agissait donc pas d'une balle perdue, comme je l'avais cru. J'ai regardé dix fois au moins la séquence suivante. Tourné vers la caméra, Silver hurle quelque chose en avançant vers son ancienne épouse. Malgré mon pauvre anglais, j'ai fini par saisir. Sur ses lèvres, on peut lire : *I'll kill you !* « Je vais te tuer ! » C'est à ce moment-là que Marie-Amélie sort une arme de son sac et tire. Je ne manquerais pas de communiquer la cassette à la justice avant le procès. Peut-être exaucerais-je d'ailleurs ainsi le vœu informulé de David.

– Je suis sûr que ça passionnerait ton ami Freddy, me dit David.

Je compris alors avec consternation qu'il était

bien le fils de son père. Dans ce document, image du drame qui avait brisé sa vie, il décelait le gros titre, la une sensationnelle.

J'essayai de l'orienter vers un autre sujet. J'aurais voulu qu'il m'en dise davantage sur sa fugue, ce qu'il avait fait pendant ces quelques heures, mais c'est à peine s'il semblait s'en souvenir. David avait erré sans véritable but, à la recherche du rôle qui persistait à lui échapper : sa vie, sa vie d'enfant-star pris de vertige à l'approche de l'âge adulte.

Il leva vers moi son verre vide, comme pour me signifier qu'il n'avait plus rien à ajouter. Puis il regarda sa montre.

– La voiture est garée un peu plus loin. Le chauffeur va te raccompagner.

– Pas la peine, merci.

– Si, si. Viens.

Il m'entraîna vers un lieu convenu d'avance, à une heure dite. Ce serait mon dernier tour dans la grosse limousine.

– Aujourd'hui, c'est moi qui rentre à pied, déclara David.

Il me tendait la main. Je la lui serrai avant de comprendre qu'il me faisait ses adieux. David ouvrit la portière et me poussa légèrement. Je m'installai à l'arrière et il s'éloigna aussitôt.

Un doux parfum de savon à la lavande flottait autour de moi.

– Salut, Dan.

– Salut, Stefka.

La voiture démarra et nous emmena, elle et moi, la blonde sans fin et le petit détective.

Depuis le drame, je ne l'avais revue qu'une fois, brièvement, dans un couloir, lorsque les flics nous avaient convoqués, et nous ne nous étions pas parlé. Aujourd'hui, nous pouvions nous exprimer librement. Mais de longues minutes s'écoulèrent avant que Stefka ne se décide à rompre le silence.

– Je vais m'occuper de lui, me dit-elle. Ça sera pas facile au début, hein, Dan ?

– Non.

– Je crois que c'était une bonne idée, l'école. Il faudra qu'il y va, en Amérique.

– Qu'il y aille, Stefka. Oui, je pense également que ce serait préférable.

Elle hésita, comme si elle avait une importante requête à formuler.

– Il ne faudra pas dire, n'est-ce pas, pour la fugue ?

– Quoi donc ?

– Qu'il est revenu très vite et tout ça...

– Promis.

– Il aurait l'air ridicule, ce serait mauvais pour sa carrière.

C'était donc cela qui la tracassait, elle aussi. Ces gens étaient incurables.

Nous n'échangeâmes plus que quelques paroles banales jusqu'au moment où la limousine parvint à proximité du domicile familial. Au bout de l'allée, j'apercevais la cabane où, bientôt, j'allais reprendre mes activités. Enfin, si un client se présentait.

Stefka m'adressa une grimace désemparée.

– Je fais des cauchemars horribles, la nuit. Des papillons, des papillons partout. Même quand j'ouvre les yeux, je les vois encore.

Elle fit un geste de la main, comme pour les chasser.

– Je suis malheureuse, Dan.

J'ouvris la portière mais elle s'agrippa à moi. Elle m'embrassa, sur les joues puis sur la bouche, plusieurs fois. Ses lèvres étaient dures et froides comme le cœur d'un Silver.

Enfin, elle se composa un sourire derrière un voile de larmes et me souhaita bonne chance. Je descendis.

HISTOIRE COURTE

À dévorer… selon ses envies !

Dan Martin détective

Lorris Murail

n° 1330

Dan Martin file à l'anglaise

Lorris Murail

n° 1346

L'auteur

Lorris Murail est né le 9 juin 1951 au Havre. Il écrit depuis l'âge de seize ans : il a publié de nombreux romans pour la jeunesse et pour les adultes, mais il est également critique, traducteur (Stephen King, V. S. Naipaul...) et journaliste spécialisé en gastronomie. Père de quatre filles, il vit actuellement à Paris.

Maquette : Aubin Leray
Loi n°49-956 du 16 juillet 1949
sur les publications destinées à la jeunesse
ISBN 2-07-057097-5
Numéro d'édition : 136451
Dépôt légal : mai 2005
Imprimé en Espagne
par Novoprint (Barcelone)